AF436891

A Lola, el verdadero nombre del amor.

A Rodolfo Rabanal, por las enseñanzas eternas.

A la memoria de Mitaí, por las anécdotas compartidas.

1. ELOGIO DE LA AMISTAD

¿Habrá algo más desolador que haber vivido mucho y no recordar nada? Esta es la historia de una banda de amigos, un puñado de almas que un día se conjuró para evitar que la memoria cayera en el olvido.

Hay que pensarlos así: aunque algunos se hagan los coquetos, la mayoría pasa con holgura los setenta años. Se conocen desde la primaria. Vivieron la infancia, la adolescencia y buena parte de su juventud como un sólo cuerpo. Llenaron hojas y hojas de verdades y leyendas que crecieron y se agrandaron en cada asado que los juntó al menos una vez por mes, porque cuando llegaron los pibes ya no fue tan fácil eso de verse todo el tiempo. Al pie de la parrilla de Miguel, eterno anfitrión y líder nunca votado ni cuestionado, brindaron por copas y campeonatos, por los que se casaban, por la llegada de los hijos... Festejaron caídas de dientes, escolarizaciones y se solidarizaron con los angustiados por la aparición de los primeros novios de las nenas. Los años pasaron y la lista de temas se amplió. Separaciones y divorcios, la muerte de los padres, descensos, alguna viudez hija de puta. No mucho después, ya estaban chocando las copas de nuevo por ese nieto que inauguró la segunda oleada de felicidad.

¿Achaques? Sí, claro, pero ninguno de gravedad. En eso venían invictos, hasta que una tarde de hace poco, al grupo de WhatsApp "Los de toda la vida", llegó un mensaje. Pensemos por un momento en nuestra banda de amigos, tratemos de sentirnos como ellos. Ya sabemos que son al menos septuagenarios. Si entrecerramos un poco los ojos, podemos verlos a todos, al unísono, tanteando los bolsillos para encontrar ese smartphone que sus nietos les insistieron en comprar y apenas saben manejar. Por supuesto, al grupo se lo armaron los pibes. Hasta les pusieron como ícono una foto de Los de toda la vida, posando como equipo de fútbol al lado de la parrilla. De tecnología, los muchachos, nada. Raúl, alias Tordo, es el único que se dejó sacar una cuenta en Spotify. Cada tanto escucha un tango. También le dicen Steve Jobs.

Pero volvamos al WhatsApp. El alerta sonó, ya encontraron el aparato y ahora empieza la ceremonia de la búsqueda de los lentes de cerca, los de la presbicia. César los carga porque él usa de contacto, entonces podemos suponer que fue el primero en enterarse, en leer: "Hola a todos, soy Lili. Les escribo desde el teléfono de Miguel porque tuvo un pequeño ACV. Ya está mejor, tiene una especie de amnesia pero los médicos dicen que es temporal. Estamos en Los Arcos por si lo quieren venir a ver, en Terapia. Besos."

Lili es Liliana, la hija de Miguel. Tiene cuarenta y algo, está casada desde joven con Lucio, un pibe bárbaro al que todos conocen de chico y al que le hicieron bromas hasta el cansancio, como a todos y cada uno de los filitos que traían las nenas, a ver si los ahuyentaban. La mamá de Lili, la primera y única esposa de Miguel, murió hace años de una enfermedad que ninguno quiere recordar. Como buena hija, Lili se hace cargo. Por eso está en el sanatorio, sentada al lado de su padre que, acostado en una cama y conectado a mil cables la mira con cara de vos quién sos y yo qué mierda hago acá. Y después se duerme Miguel, con pinta de no saber ni siquiera qué es eso de soñar.

El mensaje de Lili llegó a las 16:47. Apenas media hora después la recepcionista de Los Arcos empezó a entender que cada cinco minutos iba a tener que explicarle a un señor mayor que no, que no podía pasar a Terapia Intensiva, que iba a tener que conformarse con una antesala donde podía ver a los familiares del ingresado. El primero en llegar fue Raúl, el Tordo. Atrás apareció Lisandro, el Chicho. Con el correr de los minutos se sumaron Diego, alias Croata, Marcelo, también conocido como el Blanquito y César el Careca. Cinco amigos, cinco apodos que se pusieron entre ellos y que llevan tan grabados que ni las familias los llaman por sus nombres.

Ya todos juntos, escucharon de nuevo la explicación de Lili. Mucho más de lo que les había dicho en el mensaje no sabía. Que estaba bien, estable, pero que cuando le hicieron el estudio de reflejos salió eso de la amnesia.

—Justo a este le viene a pasar, que se acuerda de la formación de la reserva del Rojo del 69... —rompió el silencio solemne el Croata.

—Capaz que es una trampa para olvidarse de pagar lo que le toca del asado... —ayudó el Careca, poniendo el "olvidarse" entre gestos de comillas.

Rieron un poco y Lili se dejó abrazar por esa banda de viejos uniformados con saco, camisa y pantalón de sastre, que al fin y al cabo eran los que siempre se interesaban por la suerte de su padre y que ahora le juraban que todo iba a estar bien. Por primera vez desde que le avisaron del accidente, se relajó. Dejó que le cayera alguna lágrima, se refugió un ratito en el hombro de Raúl —"para algo sos el Tordo" le dijo con una sonrisa —y volvió a entrar a Terapia con cara de más tranquila. Los de Toda la Vida decidieron quedarse a hacer guardia en el bar del Sanatorio, por lo menos hasta el próximo parte.

*

—Blanquito, aquel que está en la caja, el grandote, ¿no es el médico ese al que le salvaste un quilombo con la declaración jurada? —dijo Careca, famoso por su capacidad para reconocer a alguien al que había visto una sola vez en su vida y en la oscuridad. —Para mí es, eh. ¿Por qué no vas y le preguntás si sabe algo de Miguel? —insistió. El Blanquito miró al señalado.

—Mmm es parecido pero no sé si es, yo que sé, atendí a miles de personas en la AFIP... Además acá debe haber cientos de médicos, mirá si justo va a saber de Migue.

Careca no esperó el final de la respuesta. Se paró y caminó hasta la máquina de café, de la que el hombre sacaba un capuchino. Todos vieron cómo escuchaba la pregunta, achinaba los ojos hacia la mesa y enseguida asentía. A los pocos segundos se les acercaba, casi llevado del brazo por el Careca que lo empujaba despacito, como un árbitro que invita a salir de la cancha al jugador que hace tiempo cuando lo cambian. Sí, claro que era él. Sí que estaba agradecido con el Blanquito porque lo había salvado de aquel macanón. Y sí que era médico de Terapia Intensiva. "No somos tantos, no se crean, esta es una empresa..." justificó la casualidad. Pidió un tiempo para averiguar por Miguel. Volvió al rato.

—Miren, no es grave el cuadro, está fuera de peligro.

—Qué grande doc, qué grande, sabemos que está en las mejores manos además... —se alegró Careca, que ya se sentía parte del equipo de Terapia.

—¿Y para cuánto tiene? Porque estas cosas no se resuelven de hoy para mañana —preguntó Raúl, hipocondríaco de manual.

—Si no hay complicaciones, en dos días está en la casa. Pero ojo, lo que no va a ser tan sencillo es lo de la memoria. Recién vi la resonancia, la va a recuperar, pero requiere mucho ejercicio —diagnosticó.

—¿Ejercicio físico? Jaja, justo Migue que nunca hizo un carajo —acotó Chicho.

—Bueno, va a tener que caminar mínimo una hora por día, y todos ustedes también si no quieren terminar como él. Pero los ejercicios son para recuperar los circuitos cognitivos, la memoria es como un músculo. Es posible que salga sin recordar nada. Ayúdenlo a usarla. Es el único secreto.

Por el parlante de la música ambiental sonó un llamado, como los de las películas. "Doctor Leva, lo buscan en rayos". Pidió disculpas y se levantó con un saludo rápido. Sobre la mesa quedaron flotando dos frases: "sin recordar nada" y "ayúdenlo a usarla". Raúl levantó la mano para pedir un café más.

—¿No te acordás de que es auto service, pelotudo? Ya estás peor que Migue —saltó el Croata y todos se rieron, más por nervios que por la eficacia del chiste.

*

No estaba equivocado Leva, el médico infractor tributario. Miguel salió más rápido de lo esperado. Ni siquiera hizo falta ambulancia, lo llevaron en silla de ruedas hasta el auto de Lucio que, como de costumbre, se había olvidado de desconectar la alarma. Lili lo miró con el fastidio de siempre y después volteó la cabeza hacia su padre, porque tuvo la ligera esperanza de oír el típico "Lucio, cuando te lo estén robando no te va a dar bola nadie" con el que regañaba a su yerno cada vez que pasaba eso, pero nada. Sin emitir sonido, Migue aceptó ir en el asiento delantero. Lili se apenó un poco, él siempre dejaba que la pareja fuera junta, pero lo veía de buen humor, como si el aire de la mañana de ese sábado en el que recuperaba la libertad lo despertara. ¿Lo despertaba? Atrás lo seguía una pequeña caravana compuesta por dos coches. A bordo, Los de Toda la Vida.

—Che, no me gusta nada esto. Cuando me vio me dio la mano. No se acuerda un carajo. Le dije "ahora nos vamos derecho a la Doble Visera" y me preguntó "¿Adónde?" —el Croata manejaba con los pulgares, el asiento bien atrás para que entrara el metro noventa que portaba desde adolescente y que todavía no se había encogido.

En los dos autos se repetían frases parecidas. Cuando por fin los dejaron pasar a verlo en Terapia no les había impactado tanto su boleo, porque o dormía o estaba conectado a esos cables que nunca hacen parecer muy lúcido a nadie. Pero ahora la cosa había cambiado.

–Se le tiene que pasar, se le tiene que pasar... Mirá si no se va a acordar de toda una vida... –se daba ánimos Chicho. Algunos asentían, otros miraban por las ventanillas sin escuchar. Buenos Aires parecía una película muda.

*

–Miren muchachos, yo ya vi las fotos, el grupo de WhatsApp, Facebook... Es evidente que ustedes son mis amigos de toda la vida. Pero qué quieren que haga, no me los acuerdo... –la frase de Miguel retumbaba en el comedor de la casa. Hacía ya dos días que estaba de vuelta. "De vuelta de todo, menos de los recuerdos" murmuró uno con voz de resignación.

Migue les decía que no sabía quiénes eran pero sin dramatismo y era raro, porque si algo tenía Migue era cierta flojera emocional. No había asado en el que no se le escapara alguna lágrima. Justo él, el que más memoria tenía, el que cuando el resto se perdía en un relato salía siempre al auxilio, ahora los miraba presente pero ido y les confesaba que no, que por más que lo intentara no se acordaba de ellos.

–¿Y de Lili sí? ¿De tu casa? ¿De eso cómo mierda te acordás, Migue?–preguntó el Blanquito que ya estaba medio caliente. El resto se revolvió incómodo en las sillas de la sala donde los amigos trataban de entender el cuadro.

–De Lili más o menos, me resulta una cara familiar pero hago como que la reconozco más porque me da pena. De la casa creí que no me acordaba pero anoche me levanté a mear y llegué al baño perfecto. Yo qué sé...

–Migue, ¿vos te acordás tu apodo, cómo te pusimos nosotros? –siguió el Blanquito, que no tenía ganas de darse por vencido.

—No.

—Funes te pusimos, Migue. Por "Funes, el memorioso", el cuento de Borges, ¿entendés? El tipo que se acuerda siempre de todo. Un día me olvidé la clave de Banelco y te llamé a vos para que me la digas porque es la matrícula de la lancha que tenía yo en 1970. Creo que te subiste tres veces y te la sabías, ¿entendés? —el Blanquito sonaba impotente. Chicho lo miró, tenía los ojos llenos de lágrimas.

—Bueno muchachos, vamos —intercedió. —Migue, vos tranquilo. Esto es pasajero, descansá, quien te dice que durmiendo no se te vengan las cosas a la cabeza, como en las películas.

Se despedían. Cuando Migue les estiró la mano, el Blanquito se le abalanzó y le dio un abrazo que el viejo amigo retribuyó algo incómodo. Bajaron las escaleras lento, con cuidado, y más preocupados de los que las habían subido.

—Algo sentí. Ustedes dirán que soy un pelotudo, pero en ese abrazo algo sentí... —contó después, mientras caminaban a buscar los autos.

—¿Algo como qué? —preguntó El Croata. —¿Te excitaste?

—No seas pelotudo... Hubo algo en el abrazo, ustedes ríanse. Hubo algo —y siguieron bajando lento hacia el garage de Maipú, las cabezas gachas, los pies un tanto arrastrados sobre la vereda nueva.

*

No les costó a nuestros muchachos conseguir una nueva cita con Leva. Necesitaban más explicaciones, más respuestas. Pero sobre todo, un método.

—Lo que ustedes deberían hacer es ayudarlo a recordar —fue directo al grano el doctor. No le gustaba estar en ese café de la esquina del sanatorio, no le gustaba el ambiente de mesas llenas de familiares con caras de preocupación. Años de profesión y todavía se sentía responsable.

–¿Y cómo? Se acuerda de lo que hizo hace dos horas y no sabe quiénes somos nosotros, que somos amigos de toda la vida, ¿cómo puede ser eso? –protestó el Careca.

El médico revolvía el café con la cucharita –"Medio al pedo porque lo toma amargo" –dijo después El Blanquito.

–Es que estaba pensando, así son los médicos –le devolvió Raúl, que siempre justificaba a todos.

–Lo de este hombre es un claro cuadro de pérdida de memoria de largo plazo. Pasa, pasa mucho. No los voy a engañar, lo que me sorprende es que dure tanto. Por eso les digo que ustedes tienen que ayudarlo.

–Bueno, entonces ¿qué hacemos? –Careca lo miraba fijo, más bien lo interpelaba.

–Hace un tiempo leí el caso de un hombre en Inglaterra que recuperó la memoria muchos años después. En realidad no fue que la recuperó exacta como era antes, sino que parecía haber aceptado que la vida había sido como le contaron. Yo creo que ustedes deberían hacer eso. Contarle cómo fue la cosa.

Los de toda la vida se miraron.

–¿Todo de nuevo? –preguntó uno.

–Todo no, por ahí episodios... Puede ser el nacimiento de la hija o una pavada. Es como armarle un andamio para que él camine. Al principio va a hacer equilibrio, pero por ahí funciona y puede reconstruirse.

*

–Al pedo vinimos. Un chanta. Nos sacó de encima rápido con esa pelotudez del andamio –rezongaba más tarde El Blanquito.

–No entendiste, la medicina tiene mucho de imágenes, de poesía –dijo Raúl, solidario como todo falso colega.

–No sé. Capaz es una pelotudez como dice el Blanquito, pero me parece que hay que probar. No veo otra. Yo no me resigno a que este hijo de puta no se acuerde de, no sé, del día del Clerinec por ejemplo –dijo el Croata.

–El Clerinec, qué hijos de puta... –rieron y asintieron, tan distraídos, que un runner casi los atropella y los manda para adentro de la clínica a todos juntos.

–Pendejo de mierda –masculló uno, más por costumbre que por odio.

*

Volvamos a pensar en nuestro grupo de amigos. Los días pasan y Migue –o Funes como le dicen ellos –no mejora. En realidad está fenómeno. Come, duerme, mira la tele. Lo único que le pasa es que no recuerda.

A esta altura, ya sabemos que Los de toda la vida no lo van a dejar así. También descubrimos que están más preocupados ellos que el enfermo, porque Migue parece flotar en una nube bastante cómoda. Lo atienden, lo cuidan y no tiene registro de lo que vivió. Lo que puede parecer una tragedia, también puede ser un gran refugio, algo así como un blackout en el amanecer de una mañana de verano. Pero ellos, nuestros muchachos, la pasan mal. Perdieron al líder. Entonces se lanzan a un plan para recuperarlo. Si le tienen que contar la vida de nuevo, pues lo harán. Ahora los vemos alrededor de una mesa donde se desparraman cafés y algún vaso de whisky recomendado por el médico o no. Debaten el cómo.

–Yo le puedo escribir algunas cosas –dice Chicho.

–Está muy bien, escribís lindo vos. Una vez me redactaste una carta para una chica y se volvió loca, quería que le mandara una por día, después no sabía cómo hacer –acota el Tordo.

–Yo no sé escribir. Bah, saber sé, fui al colegio –piensa en voz alta el Croata

–Sí, con Sarmiento fuiste. Con Sor Juana Inés de la Cruz, a un mixto –se ríe el Careca

–¿Y si le contamos y listo? Tomamos unos mates y lo ponemos al día –dice y suena sensato el Blanquito.

–Oíme, tampoco nos vamos a poner en ronda a contarle cuentitos. Estamos al pedo pero no tanto –bajó a la realidad el Tordo.

Y así surgió la idea de los audios de WhatsApp. No hace mucho, uno de los nietos les enseñó a mandarlos y quedaron fascinados. Al principio hicieron macanas, como cuando el Blanquito apretó sin querer y se grabó meando, con suspiro incluido. Nada grave entre ellos, el problema fue que Chicho lo recibió en una cena familiar en la que todos escucharon la fuerte micción, el resoplido y la cadena. Pero con el tiempo –"con los meses" acotan los pibes con cara de fastidio – le agarraron la mano al tema y cada tanto el grupo de Los de toda la vida se llena de líneas con el play al lado.

–Entonces hacemos eso. Nos dividimos temas y se los mandamos por WhatsApp –dijo alguno.

Asintieron todos menos Lisandro.

–Ustedes si quieren hagan eso. Yo le voy a escribir.

Ya tenían el método. Ahora había que probar si funcionaba.

Audio del Careca:

Hola Migue, el Careca habla. ¿Te recordará algo esto o hablaré al pedo? Cómo saberlo, querido Migue. Funes. Vamos Funes carajo... No tengo la menor idea de si esto sirve y un poco me rompe las pelotas. Los chicos me dijeron que no te eche la culpa así que mejor borro...

Pocos cielos tienen tantas estrellas como los de Necochea. Siempre que íbamos al campo de Carol nos quedábamos horas tirados en el pasto. Fumábamos –ahora dejamos todos, ya te habrás dado cuenta –y tomábamos –eso no dejamos. Vos ahora no podés, pero bien que en el último asado antes del ACV te bajaste un tubo de tinto, desde el corcho hasta el culo...

Ah claro... Tengo que explicarte quién es Carol y por qué íbamos a su campo. ¿Qué es un campo sí sabés? Jaja. Te la hago sencilla. Carol era una mina que el Blanquito se garchó un verano que fuimos unos días a Quequén. Le movió el molusco, como le gustaba decir a él. Y la mina tenía un campo allá en Necochea, yo que sé, unas hectáreas, las había heredado. El Blanquito estaba soltero ¿eh? Digo porque no sea cosa que esto caiga en manos de cualquiera y se hagan una imagen errónea de él y de todos nosotros... Un gentleman el Blanquito, le gustaban más las minas que respirar, pero un gentleman.

Bueno, la cuestión es que ese verano nos la pasamos de la playa al campo. Tomábamos champagne. Espléndidos. Éramos pibes, teníamos algo de plata en los bolsillos. El que mejor estaba era Chicho, que recién abría la financiera y hacía negocios con las devaluetas. Esta vez que te cuento llevamos en el baúl cuatro cajas de Barón B. Y se nos ocurrió hacer Clericó. Sí, Clericó de Barón B, ¿entendés?

La cosa es que hicimos tanto, en una olla tan grande, que para que no se pudriera lo metimos en bolsitas y lo mandamos al freezer. Entonces, cada vez que teníamos ganas de hacer una jarra le entrábamos a la cocina a la gringa —que estaba encantada de tenernos porque eso le daba garantías de que el Blanquito la atendiera—, poníamos una de esas bolsas a descongelar y listo.

Vos llegaste después, Migue. Unos pocos días después, pero los suficientes como para perderte el principio. Me acuerdo como si fuera hoy de tu cara cuando viste el ladrillo de hielo derritiéndose, de cuando preguntaste cómo era eso y del hijo de puta de Chicho diciéndote "es Clerinec, lo venden en el supermercado del centro".

Desde ese día, cada vez que íbamos a buscar provisiones, te decíamos "fijate si tienen Clerinec" y vos ibas y preguntabas en las cajas, en la fiambrería, a los repositores. No sabés lo que nos reíamos atrás tuyo, era de agarrarse la panza...

Pero el día que de verdad casi nos morimos es cuando lo contaste en la cena de los 15 años de egresados. "No saben qué piola lo que inventaron en Necochea, un Clericó freezado. Se consigue poco, es una marca local, pero muy bueno..." Ah, te juro que nos miramos con los pibes y no dábamos más, yo me tuve que parar al baño, escupí en el camino.

No te vas a venir a enojar ahora ¿eh? Son chistes de pendejos. Mejorate, Funes, viejo de mierda, memorioso. Y no borro un carajo lo de que estoy enojado porque es verdad, estoy enojado. Dejate de joder y acordate de todo lo que me querés vos a mí, qué tanto...

Audio del Blanquito:

Yesterday all my troubles seemed so far away. Now it looks as though they're here to stay. Oh, I believe in yesterday.... ¿Quedó grabado? ¿Seguro no? Mirá que la otra vez apreté mal y hablé como quince minutos al pedo.

Bueno, sigo entonces. ¡Qué hacés Migue! No, empecé con Yesterday porque me acordé de la vez que fuimos a ver a Paul, Paul Mc Cartney. ¿Sabés de quién te hablo? Si no googlealo, Google es una página web... Bueno, yo que sé lo que te acordás y lo que no.

Sigo. Creo que la primera vez que escuchamos a los Beatles fue en la casa de Cristina, la chica aquella tan mona que salía con el Croata y que estaba llena de amigas. Tenía un combinado grande de esos que venían con radio transoceánica, el dial llegaba hasta Rusia, imaginate. El día este que te digo puso A Hard Day's Night y lo escuchamos no sé, veinte, treinta veces. Terminaba y lo poníamos de nuevo, terminaba y lo poníamos de nuevo, ni comimos.

Vos te hiciste muy fanático, Migue. Muy. En el altillo tenés toda la discografía, después fijate. A la derecha, atrás de los palos de golf que compraste una vez en una tienda en Miami. Medio al pedo, porque tomaste dos clases y dejaste. Sos de comprar cosas al pedo. Bueno, ahí en ese rincón tienen que estar los long play. Lili te los copió todos a CD para que los puedas poner en el auto.

¡Callate Palomo, carajo! Perdón, Migue, el perro de mierda este que nunca aprende. Bueno, sigo, lo que yo te quería recordar es esa vez que fuimos al recital de Paul en Montevideo. ¿Qué hará, cuatro, cinco años? Ya lo habíamos visto acá pero jodiste que andá a saber si vuelve, que a Buenos Aires no viene y es una señal, no sea cosa que se muera, que de paso nos comemos esas cosas uruguayas tan ricas... Te pusiste tan plomo que sacamos las entradas por Internet (bueno, las sacó mi nieto, yo ni idea) y el sábado a la mañana, unas cuantas horas antes del concierto, andábamos por la 18 de julio paseando lo más orondos.

Escuchame Migue, escuchame bien lo que te voy a decir porque cuando te acuerdes te vas a querer olvidar de nuevo. ¿Sabés desde dónde viste, bah, desde dónde escuchaste el concierto? ¡Desde el viorsi! Sí, desde el baño de la platea baja del mismísimo Estadio Centenario jaja. Una diarrea padre te agarró. Casi llamamos al SAME de ellos, no sé cómo se llama, debe ser de la ANCAP, viste que allá todo es del Estado. Es que fue tremendo, Migue. A la mañana arrancaste con unos mates y enseguida el desayuno en la confitería del Palacio Salvo. Pero no uno liviano, le metiste tres medialunas, todas ensopadas en un balde de café con leche. Para el almuerzo nos llevaste al Mercado del Puerto y te pediste pamplona, choto, boniato. A la tarde, caminando por la rambla, te zampaste un chivito canadiense de esos que vienen con ensalada rusa, palmitos, una cosa de locos. Y a la noche, camino al Estadio, dos frankfurters con mostaza y un helado de Conaprole. Hey Jude la cantaste en el inodoro, nosotros te hacíamos lalalalalalala desde afuera, me duele la panza a mí ahora de acordarme.

Che Migue, no sé si estará funcionando lo de los audios pero este tratá de escucharlo bajito, o en la oreja, mirá que nunca le contaste nada a Lili de la cagada que te mandaste. Cagada, literal... Claro, debería haberlo dicho al principio, qué boludo. Bueno, chau Funes, te quiero mucho.

Carta de Chicho.

Querido Miguel:

Te escribo estas líneas porque a mí no me sale muy bien eso de las grabaciones. La verdad es que lo intenté, pero no es lo mío. Vos sabés que yo el celular lo tengo para los llamados, mirar la hora, no mucho más. Qué tonto, puse "vos sabés" y me doy cuenta de que lo más probable es que no te acuerdes. Perdoname, no era mi intención.

Viste que estamos todos con la idea de contarte cosas de nuestra vida para ver si superás este momento. Yo no tengo ninguna duda de que así será, Miguel. Y si esto sirve, pues bienvenido sea.

La cuestión es que me puse a pensar qué recuerdo podía contarte. Me pareció que tenía que ser algo importante, que te ayudara a encontrar la punta del ovillo. Y se me ocurrió uno que quizás pueda ser. El día que casi nos matamos volviendo de Paraguay.

Por si no te acordás de esto tampoco, yo soy abogado. Durante una buena cantidad de años me especialicé en quiebras y concursos, en el fuero comercial. No me fue nada mal, me hice cierto nombre. La cuestión es que viajaba mucho a Asunción porque uno de mis clientes era de allá, un tipo de mucha plata. Tenía un hotel enorme en las afueras, sobre el Paraná. Y en uno de los viajes se me dio por decirles si no querían venir.

La pasamos lindo. Me acuerdo de una tarde que vino un cuerpo de baile ahí a la playita del hotel, a hacer la danza de la botella. Un grupo tocaba Galopera y una chica preciosa bailaba con botellas en la cabeza. Era tan buena haciendo equilibrio que para ponerle las últimas se tuvieron que subir a una escalera. Al final le dejaste tu teléfono a la bailarina. Siempre fuiste de avanzar, era más fuerte que vos. Tomamos ricos whiskys, compramos algunas cosas. Mucho para hacer en Asunción no había, pero fueron lindos días. El tema estuvo al pegar la vuelta.

La noche antes, mi cliente nos invitó a un asado en su casa, una mansión en un barrio muy acomodado. El hombre había vivido mucho en Argentina, en Córdoba para más datos. Y como era ricachón, se hacía llevar carne de un frigorífico de acá para allá. Asó vacío, tiras, entrañas, achuras, de todo. Había mozos, una barra de tragos, amigos de él... Nosotros quedábamos medio cirujas entre ellos, pero como yo le había hecho ganar el juicio, era la estrella de la noche y ustedes estaban conmigo.

Vos te hiciste centro rápido. Como sos el asador del grupo, entraste en tema por ahí. Les enseñabas a los paraguayos los mejores cortes, tipos de cocción, qué errores no cometer. Les hablabas de Erico. "Ese sí que fue un paraguayo bueno", les decías. Te miraban medio raro.

—Y una cosa muy importante: el acompañamiento —dijiste en un momento. —Si ustedes me dicen que yo me muero mañana, lo que pido es asado pero no con cualquier cosa. Lo quiero con ensalada de papa, huevo, mayonesa y cebolla. Y ojo, a la cebolla me la traen en un platito aparte, como para que yo le vaya agregando.

Mientras decías eso, los mozos servían. Chorizo, morcilla, mollejas, chinchulines. Y para acompañar dejaban fuentes de ensaladas. Una de verdes y tomates y otra de papas, huevo y mayonesa. Y a cada uno, un platito de cebolla, para que le fuéramos agregando. Te miramos, Migue. Al día siguiente volábamos. Yo nunca fui aprensivo con los aviones como el Croata que casi no viene para no subirse a uno, pero te juro que me impresioné.

Salimos a la mañana siguiente. Llovía como si nunca fuera a parar. Igual el despegue estuvo bien, cuando alcanzamos los diez mil metros nos sirvieron el desayuno, algunos dormían. Al rato hubo un ruido raro, nos miramos extrañados. De ahí en adelante nos movimos como locos. A la altura de la cancha de River nos dimos la mano, veníamos en una coctelera. Aterrizamos casi de costado. En Aeroparque nos dijeron que se había reventado una turbina, que volamos medio viaje con un motor menos. El capitán se reía, decía que no pasaba nada, que los Boeing estaban preparados para eso y mucho más.

Pediste ir al baño. Volviste pálido, con la cara mojada. El Croata casi te pega un cachetazo. Ya en el taxi, te pedimos que nunca más se te ocurriera pensar en tu última cena, por lo menos con nosotros y mucho menos antes de volar.

Bueno Migue, te dejo. Después contame si te acordás de algo, ¿dale?. Acá te manda un beso Daniela. Mi mujer, Daniela.

Cuidate.

Con cariño, Lisandro. (Chicho, me dicen).

PD: Mejor no le muestres esto a Lili, por lo de la bailarina.

*

—Dale viejo, no seas jodido, dejame escuchar uno aunque sea —Lili está sentada frente a Migue, la mano extendida hacia él en claro gesto de pedirle el celular. —¡Me divierte escuchar cómo te cuentan tu vida tus amigos!

—No hija, mejor no. Son medio guarangos esos viejos.

—Ay, ni que me fuera a espantar por una palabrota…

Migue ni le contesta. Desde hace rato tiene la vista perdida por la ventana que da a la parrilla. Ahora señala algo.

—Decime Lili, ese leñero. ¿Cuándo lo compré?

Lili mira, piensa.

—La verdad, ni idea. Creo que se lo compraste al tipo ese que vendía salamandras en Avenida Triunvirato. ¿Por?

—No, por nada, dejá. Una pavada.

Al rato vemos a Migue al pie de la parrilla, mira todo con cara de descubrimiento. La mano le tiembla un poco cuando por fin se decide a abrir la puerta negra corrediza. Del interior sale olor a ferretería, a pesticida, al pis de un gato que alguna vez habrá usado el bajo parrilla como baño. Se agacha despacio, mira con más detalle, tantea. Saca papel de diario, una bolsa de carbón, palitos, los fósforos. Apoya todo en la mesada, rasga dos hojas de una revista vieja y con cada pedazo hace una bola de papel. Las distribuye en el piso del leñero, apoya arriba las maderas finas, rompe la bolsa de carbón y agrega unas cuantas piedras. Son mecánicos los movimientos de Funes, su amnesia es de esas que le ponen un velo al pasado, nada más. No es que se olvidó de cómo limpiarse el culo, pero tampoco es que se lo acuerda, simplemente sabe cómo hacerlo. Eso le pasa ahora, cuando prende un fósforo y lo acerca al montón. No tiene que memorizar el procedimiento, simplemente está ahí, tan disponible como oculto está lo qué pasó el día de su casamiento o de su graduación.

Al principio el mejunje hace un poco de humo pero enseguida la llama crece y empieza a devorar todo. No es la hora de comer, no se le pasó por la cabeza hacer un asado, ni siquiera sabe si hay carne en el freezer. Miguel mira el fuego, parece abstraído en la danza, pero en un momento mete la mano apurado, entre puteadas rescata una de las bolas de papel y la apaga rápido con la pala. La estira, la aleja un poco para leerla mejor. Y se pone a llorar.

*

–Dale Georgie, dame ese clarito de una vez que envejezco esperando –suena impaciente pero gracioso el Careca.

El barman se acerca al grupo, apoya la copa fina y alta sobre la barra, contesta con una frase del estilo "no te preocupes que viejo ya estás hace rato" y sigue agitando la coctelera para despachar el Bloody Mary que le pidió el Croata. Georgie no es uno más de Los de toda vida, pero casi. Se jubiló hace rato pero sigue preparando tragos porque es lo único que sabe hacer y porque lo hace feliz. A los muchachos los atiende desde hace años, cuando llegaron al Brighton corridos por el cierre de alguna otra barra mítica de Buenos Aires. Desde ese día, no hay vez que no se junten ahí aunque sea un rato. Algunos van al mediodía, almuerzan algo liviano, mucho pescado con omega siete por el colesterol y después simplemente se van quedando. Pueden estar todo el día tomando champagne libre porque se lo ganaron a fuerza de fidelidad. Tienen cincuenta, sesenta años de cultura alcohólica entrenada en piringudines de baja estofa y en boliches a gogó de los alocados sixties, jamás se los vio hacer un papelón, como mucho una trabada de lengua. Son borrachos honorables, dignos, con algo de plata y todo el tiempo para ellos. Pero miremos a la puerta de ese restaurant recubierto de boiserie, y adornado con espejos en curva. Por el medio de ese salón con aires bostonianos vemos entrar al Tordo que medio agitado se acerca y dice:

–Che, escucharon el audio de Funes?

–No, ¿qué audio?

–El que mandó recién, dice que se acordó de algo –la respiración del Tordo todavía no se calmó del todo. Los vemos revolviendo sus bolsillos.

–A ver... Ah mirá, es cierto, hay uno –dice el Croata. Los demás asienten.

—¡Ponelo en altavoz, ponelo en altavoz! —ordena ansioso el Tordo.

El grupo se cierra alrededor del celular como un scrum de rugby.

Audio de Migue:

Hola a todos, antes que nada gracias por los audios estos y por la carta también. Les pido disculpas de nuevo, pero sigo sin recordarlos. Ya sé que los enoja, pero bueno, prefiero serles honesto. Por ahora no me acuerdo de nada, pero los cuentos me divierten. Anoche me pasó algo raro, soñé con lo que me contaron del recital de Mc Cartney. No era igual, en el baño en vez de Hey Jude cantábamos Yesterday, pero bueno, los sueños sueños son. No se preocupen que no le muestro nada a Lili, esto queda entre nosotros. Ya que estamos, quería pedirles un favor. Hace un rato sin querer miré una revista vieja y encontré una nota que me llamó la atención. Hablaba de la terapia del grito. No sé por qué pero me quedé mirándola y me puse a llorar. Perdonen, no me gusta ser así de sensiblón pero no sé, prefiero preguntarles a ustedes antes que a Lili, vaya a saber qué es. Gracias muchachos, sigan mandándome cosas que me divierten. Saludos.

—¿Alguien sabe de qué mierda habla? Terapia del grito, ¿qué es eso? —pregunta el Tordo apenas se apaga la voz de Migue.

—Es lo que hacía Yoko Ono, se juntaban y gritaban hasta no poder más. Pero yo qué sé porqué le dio por llorar al leer eso al viejo pelotudo este —dice y se queda sin aire al fin de la frase el Careca.

El resto asiente, comparte el desconcierto. Hasta que Georgie, que andaba por ahí sirviendo un Old Fashioned, se acerca y dice:

—A mí una vez me contó que la mujer, que Dios la tenga en la gloria, hacía eso de gritar allá en la casa del campo que tenían en Baradero, era gracioso...

Todos se quedaron mirándolo extrañados. El único que reaccionó rápido fue el Croata que le acercó el celular y dijo:

–*Migue, Funes, escuchame, acá estamos con los muchachos en Brighton. Dice Georgie que él cree que sabe lo del tema este de los gritos. Dale Georgie, contale, hablá acá al celular...*

Audio de Georgie:

–*¿Hola, hola? ¿Migue? Migue, soy yo, Georgie, el barman... Ah claro, no me escuchás ahora, me vas a escuchar después. Bueno, hola Migue querido, ¿cómo estás? Qué suerte que te estés recuperando, espero que los muchachos te hayan mandado mis saludos. Perdoná que haya escuchado che, no fue mi intención, pero justo estaba acá al lado sirviendo... No, yo le decía a los muchachos que una vez me contaste que cuando iban al campo tu mujer se ponía a gritar como una loca, que decía que era como una terapia, que la liberaba. Vos estabas a las puteadas porque te pegabas unos cagazos tremendos pero un día notaste que la peonada te miraba distinto y te reías porque escuchaste a uno que le decía a otro mientras llenaban los bebederos de los caballos "no sé qué tendrá el patrón pero ¿vos viste como grita la mujer?". Jajaja, perdón, vos sabés que jamás ofendería la memoria de la mamá de Lili, me la acuerdo muy bien de cuando la traías a veces acá a tomar algo, una maravilla era tu mujer, una dama, Funes, pero me pareció que lo que leíste podía tener que ver con eso... A ver cuando venís a tomar tu Negroni, ¿eh?*

*

Es temprano en Florida, Lili salió casi de noche a llevar a los chicos al colegio y ya está de vuelta. La vemos en la cocina preparando unos mates y luego salir sosteniendo una bandejita de metal con flores pintadas en la que lleva el termo, la yerba y unas rayaduras de limón, hábito que heredó de su madre. Al pasar por la puerta del cuarto de Migue mira para adentro y lo ve desparramado o más bien cruzado en la cama de dos plazas. Duerme así desde que Angélica murió de ese cáncer que nadie vio venir. Lili se acerca, se sienta despacio para no hacer ruido ni molestarlo con sus movimientos. Si nos metiéramos en su cabeza veríamos a un montón de enanitos que van y vienen. Llevan pensamientos: "Antes el mate lo preparabas vos, eras el primero en levantarte", "dale pa, yo te banco pero me siento un poco sola" o "al menos no te moriste como mamá" son algunas de las frases que los enanitos trajinan de neurona a neurona. Pero no dice nada Lili, hace silencio, mira con amor a ese viejo que la tuvo de grande pero la crió con la energía de un pibe y se levanta rumbo al living, a tomar unos amargos alimonados antes de salir para el estudio. Al pasar por la cómoda, ve el teléfono de Migue. Lo mira, mira a Migue. Lo mira de nuevo, mira a Migue que ronca suave, como ido. "Sí, ido de verdad", reafirman los enanos. Y entonces Lili levanta el aparato, lo pone en la bandeja y ahora sí va a cebarse unos mates y a escuchar algún audio de Los de toda la vida. Elige uno del Blanquito. Todavía no lo sabíamos, nosotros los que vemos desde afuera, pero esta chica es un poco curiosa. Algo que, hasta para los gatos, es un tema complicado.

Audio del Blanquito:

Hola Migue, ¿cómo va la cosa? Espero que bien. Nos quedamos todos muy impactados con lo de la terapia del grito, sabemos que tenés tu buen tramo entre las piernas pero de ahí a generar esas reacciones... Jaja. Menos mal que Georgie se acordaba del cuento que le hiciste. Espero que lo hayas tomado a bien, vos sabés que nosotros a Angélica la adorábamos. Su muerte fue algo muy difícil Migue, pero la verdad es que la pobre estaba sufriendo mucho. Bueno, pero no quiero hablar de eso. Estuve pensando bien sobre qué tenía que ser el próximo audio y me decidí por recordarte algo con final feliz: el día que la llevamos por primera vez a Lili a la cancha.

Vos no hablabas mucho del tema de la paternidad. Mil intentos hicieron. Alguna vez contaste que se gastaron un departamento en fecundaciones in vitro y que Angélica era la que ponía primera siempre, que a vos te costaba más, vos que te hacía un poco el boludo. Un día viniste angustiado por eso y creo que fue el Careca el que te dijo: "Funes, siempre son las minas las que hacen las cosas, nosotros acompañamos y encima lo hacemos mal" y yo creo que tiene razón. Un día Angélica le dijo a Rita, mi mujer, que ella pensaba seguir insistiendo porque quería que su hijo tuviera tus ojos. Rita me lo contó a mí y yo a vos, para darte ánimos. El tema es que el tiempo pasaba y nada daba resultado, entonces tuvieron la idea de la adopción. Un día nos contaste que se iban de viaje a visitar juzgados, porque acá era imposible. Vinieron contentos, habían hecho contactos, los pusieron en varias listas y como un año y pico después, sonó el llamado.

Qué linda creció Lili, Migue. Qué linda... Todo bien, todo en orden, el jardín bien, salita de dos, de tres. Vos medio que todavía no la querías llevar a la cancha porque era muy chiquita, pero un día vino con que era de Racing. Hecho mierda estabas. Que era de Racing porque un tal Carlitos que era su mejor amigo del jardín era de Racing entonces ella también era de Racing, así te había dicho. ¿Qué hicimos ese fin de semana? La alzamos entre todos y la llevamos a la Doble Visera. Jugábamos contra Huracán. Siempre salían partidos lindos, siempre le ganábamos. No podía fallar. No te la voy a hacer larga, Migue. Perdimos. Dos a uno pero nos dieron un pesto bárbaro, se comieron doscientos goles abajo del arco.

Nosotros gritamos los tres goles. Le tuvimos que explicar la trampa a unos que nos querían cagar a trompadas porque creyeron que éramos del Globo. Nos abrazamos todos como locos, tiramos papelitos, nos fuimos con Lili en andas cantando dale campeón por Alsina. Ni en pedo le decíamos que el Rojo había perdido. Listo, problema resuelto. Al día siguiente fue y le dijo al Carlitos ese que ella era de Independiente porque ganaba siempre.

Chau Migue, te quiero mucho. No sé si te lo digo seguido, pero te quiero mucho. Firmado el Negrito. No, boludo, soy el Blanquito, pero como no te acordás de nada... Chau, chau.

*

Si miramos por la ventana del living vemos a Lili, la vista clavada en el mate y si hacemos foco, notaremos que esos ojos están tan colorados como pueden estar colorados unos ojos que lloraron mucho. A su lado Boneco, el ovejero que le regaló a su padre hace unos años y que se llama así en homenaje a la mascota de Independiente, la mira fijo con cara de pedirle una galletita. Lili le hace una caricia en la cabeza, se lo acerca para sentir su calor y vuelve a llorar. También veremos que allá, por el fondo del pasillo, se asoma Migue, Funes, en bata. Escuchamos su "buen día, mi princesa de oro puro" que no se acuerda pero es como le dice desde que la vio así de rubiona el día que se las entregaron. Suponemos que Lili escucha, que no sabe qué hacer pero notamos que lo que le sale es esconder el teléfono entre los almohadones del sillón, cebar un mate y ofrecérselo mientras le dice "Hola papu, buen día, ya me estaba por ir al estudio". También vemos que le suelta una masita al ovejero que, de puro agradecido, le lame la cara y de paso le limpia unas cuantas lágrimas que todavía ruedan por ahí. Abre la puerta Lili y sale a las calles de Buenos Aires. Sentada en el 71 mira por la ventana y recuerda perfectamente aquellos tres goles, los tres del Rojo.

*

Pasan los días, las semanas. Los audios y las cartas siguen llegando, el grupo no se rinde. Las respuestas de Migue son cortas pero agradecidas. Algo acota, pero siempre del presente. Del pasado, nunca nada. Por eso se asombran cuando una mañana, en el grupo suena la alarma de la notificación y del otro lado se lo escucha.

–*Muchachos, les habla su líder. Bueno, ustedes me dijeron que yo era eso, así que se la bancan. Ojalá no tengan nada que hacer esta noche porque hay asado. Los espero.*

El audio de Migue despierta en nuestra adorable banda una ansiedad especial, el día se les hace eterno. Es por eso que Careca, el Blanquito, Chicho, el Tordo y el Croata caen puntuales como nunca. Unos traen los vinos, otros los postres, entre varios la picada, alguna ensalada que después nadie comerá. Funes los recibe en la puerta, los hace pasar. Ellos esperan algún gesto, alguna palabra, pero Migue no dice nada raro, no hay nada nuevo. Para colmo, tiene la mirada más perdida que nunca. Igual hacen como que no pasa nada. Ya es bastante que Migue los invite a comer un asado, sobre todo si se tiene en cuenta que para él, desde el ACV, ellos son casi cinco extraños.

Y así transcurre la comida. Temas generales, de actualidad. El dólar, las elecciones, si hay que jugar con dos en el medio y tres adelante para asistir al nueve... Hasta que a los postres, Migue pide la palabra. Todos esperan una nueva disculpa, de esas que les ofrece cada vez que lo visitan. Pero lo que pasa es distinto. Muy distinto.

–César. ¿Te acordás de Río de Janeiro? –arranca Migue. – Veintidós de enero de 1974. Te comiste una rubia impresionante. Estuviste toda la tarde laburándotela en la playa. Agua de coco, caipiroska, te pasaba el bronceador, se fueron a nadar juntos. A la noche la trajiste al departamento que teníamos alquilado. Nos quedamos todos en el living y te la llevaste para la pieza grande. Se escuchaban los gritos: "Si meu careca, pega pafrenchi careca gostoso". Un asco era, no podíamos parar de cagarnos de la risa. Por eso te quedó Careca.

–Marcelo. ¿Te acordás de la caída de Perón? Si te acordarás, viejo fragotero. ¿Qué tenías, diecisiete, dieciocho años? El dieciséis de septiembre del cincuenta y cinco andabas en moto poniendo bombas. En realidad vos manejabas, llevabas a tu colega hasta el lugar del atentado, lo esperabas a que la dejara y se iban los dos a los pedos. Hasta que en una sentiste que el cuerpo se te venía encima y unos metros después se cayó al piso, muerto de un balazo en la espalda. No te tocó a vos de pedo. Desde ese día te hiciste pacifista. Del susto, te quedaste canoso en un rato. A la mañana siguiente tu vieja no te reconoció. Por eso sos el Blanquito.

–Raúl. Raúl querido. Parque Lezama, verano del cincuenta, capaz que cincuenta y uno. Partido chivo contra los de la Plaza Dorrego. Topetazo contra uno de los defensores, te fuiste de cabeza contra una canilla de riego. Te dieron como ocho puntos. Te pasaste todo ese verano contándonos las curaciones y el efecto de cada pastilla que te daban. Creciste y nos diagnosticabas a todos, hasta nos decías cómo curarnos las ladillas que nos pegábamos en las casitas de la Isla Maciel. Te quedó el Tordo.

–Lisandro. Verano del cincuenta y tres. La Salada, piletas recién inauguradas, fuimos con el colegio. En la revisación médica nos cruzamos con otro montón de pibes de otros lados. Te hicieron sacarte la remera, tremendos pelos te habían salido en el pecho, en los brazos, en la espalda. Uno gritó "miralo a ese, parece un perro" y otro agregó "¡Sí, un pichicho!". Te fuiste a las manos, te rescatamos entre varios. Desde ese día te quedó Chicho.

–Diego. El día no me lo pidas, pero fue en el sesenta. Un profesor te dijo el apellido con ce hache final. Te jodía, siempre aclarabas que era con c final. Estuviste un cuatrimestre entero bancándotela. Con la nota puesta, lo encaraste y le dijiste "oiga, es con C. No venimos de Rusia, venimos de Croacia". No sabíamos ni que existía ese país. Te quedó el Croata.

Migue tomó aire, el parlamento había sido largo. Sus amigos miraban al centro de la mesa, o a la parrilla del fondo, con los ojos un tanto perdidos. Estaban con los ojos un tanto perdidos y vidriosos. El primero en reaccionar fue el Tordo.

–Te curaste, Migue... La puta madre, te curaste –se levantó no sin trabajo y le dio un beso en la mejilla a su viejo amigo. Y así fueron de a uno, como en un ritual, a darle un beso, un abrazo, una palmada.

Mientras en el quincho Los de toda la vida lloran y se juran que nunca más se van a olvidar de nada, Lili mira por la ventana. En sus manos tiene un papel. Es un recorte de la revista El Gráfico viejo, muy viejo, amarilleado por el tiempo. El título dice "Ganó Huracán". En la foto se ve la pierna derecha del goleador, la estirada inútil del arquero. Es buena la toma, hasta entra de fondo parte de la platea baja del Estadio de la Doble Visera de Cemento. Las caras de los hinchas son las típicas de gol del otro, tienen dibujadas ese gesto mezcla de bronca, sonrisa irónica, resignación. Están todos congelados, todos iguales. O casi todos. Porque en una esquina, casi fuera del cuadro, cinco muchachos levantan los brazos. Tienen la boca llena de gol. Uno de ellos lleva una nena a cococho. Una rubia preciosa que ese día se creerá la mentira y se hará hincha del Rojo.

2. CARTA PARA CARLITOS BALÁ

Yo supongo que no fue culpa tuya sino de alguno de tus productores. Los productores de tele somos tipos muy jodidos. Es verdad que vivimos de tomar decisiones, alguien tiene que hacerlo, pero hay muchas que son injustas, algunas ni las pensamos. Un poco por definición, corremos hasta cuando no hace falta, nos estresamos cuando el set está en paz y decidimos sin reflexionar cuando había tiempo para hacerlo. También es cierto que los conductores se enteran de cómo va a ser el programa un rato antes, en general no saben qué es lo que va a pasar. Como son los que ponen la cara, de vez en cuando se cabrean con ese poder grisáceo de los productores y pegan dos gritos como para recordar que ellos son los "talentos". A su vez, el productor vive un poco enojado porque está seguro de que conduciría mejor que ese señor que de vez en cuando grita. El conductor suele pensar "se cree que me va a venir a enseñar a mí, que hago televisión desde que este saltaba de huevo en huevo" y el productor suele pensar "vos, si no me tenés a mí en la cucaracha, no existís". Son los gajes, nadie se ofende. Sin ir más lejos, a mí una vez se me enojó el Bahiano porque lo hice cantar medio de prepo con un negro jamaiquino que desafinaba. Otra vez le hice decir a Federico D'elía el texto del programa 1 pero en el programa 2. Con Walter Nelson tuve una agarrada a gritos de esas de lo digo o no lo digo. Y ahora soy amigo de todos. ¿Somos amigos, no?

Me fui por las ramas. Vuelvo. Decía que en cualquier caso, yo elijo creer que no fuiste vos, Carlitos, el que prefirió la mierda esa de "Mi pato no come milanesa", en lugar de la maravillosa "Los goles de Bertoni que ya van a venir". Elijo creer porque ya pasaron cuarenta años y porque no podría entender que vos, un tipo con sensibilidad, un creador de frases que nos van a acompañar de la cuna hasta el cajón, luego de leer "Los goles de Bertoni que ya van a venir" la hayas dejado a un lado. No, no puede ser, vos seguro que la elegías. Vos, el compositor de "Angueto, quedate quieto", no podés haber dejado pasar "Los goles de Bertoni que ya van a venir". No puede ser. Debe haber sido el pelotudo de tu productor. Capaz manoteó alguna carta cualquiera, es lo más probable. Seguro lo hizo por apurado, apurado al pedo el infeliz. O por ahí le pareció graciosa la boludez esa de que un pato no comiera milanesa. A los productores a veces nos gustan esas mierdas.

Vos te debés acordar bien de los hechos porque tenés una ponchada de años pero una memoria prodigiosa, al menos eso me dice el Dr. Manes, que te atiende y es amigo mío. ¿Somos amigos, no? Ahora que lo pienso, le voy a pedir que en la próxima consulta te pregunte. Y de paso le voy a pedir que me diga que le dijiste que obvio que te acordás, que le contaste que en realidad la ganadora era "Los goles de Bertoni que ya van a venir" pero que a último momento, el jodido del productor te cambió el papel por la pelotudez esa del pato vegano, y como en esa época todo era en vivo, no pudiste arreglarlo. También le voy a pedir que te diga que le digas, así me dice, que además de pelotudo ese productor era un corrupto que ya tenía arreglada la gira de presentación del pato de mierda ese, que lo echaste apenas terminó el bloque y que quedaste toda la vida arrepentido. Listo, está decidido, le voy a pedir a mi amigo Facundo que me diga que vos dijiste todo eso. Aguante la fantasía.

Tengo cuarenta y nueve años, pero como también tengo buena memoria, no me cuesta viajar hasta el living de mi casa en Barracas, Montes de Oca y Brandsen, casi cuarenta años atrás. Contra una pared hay una cama que a la noche se transforma en el dormitorio de mi hermana Mariana. En el medio una mesa redonda en la que alguna vez vi a papá llorar. Estoy frente a la tele blanco y negro, en la pantalla vos hacés morisquetas, gestitos de idea, preguntás qué gusto tiene la sal y yo contesto que salaaaada. Ahora, entre vos y yo, ¿no debería ser salaaaado? Porque el gusto es masculino. O capaz vos fuiste un avanzado en el tema del patriarcado y yo no me di cuenta hasta recién que escribí estas líneas. Le voy a decir a mi amigo el doctor que te pregunte y de paso le voy a decir que me diga que sí, que vos ya eras un defensor de la igualdad entre el hombre y la mujer, un adelantado, a mí dejame con mis fantasías que realidades ya tengo muchas.

Estoy frente al televisor y vos de repente contás que vas a hacer un sorteo. Te sentás frente a un piano eléctrico marca Casio gris plata, tocás una melodía sencilla y mientras explicás. Hay que mandarte una poesía a Pasaje Gelly tres tres siete ocho código postal catorce veinticinco. Entre todas las que lleguen, vos vas a elegir una para ponerle música. Y además, el ganador se llevará el teclado Casio gris plata que tiene un montón de botoncitos de colores. Tocás uno y suena una batería, tocás otro y parece que habla, una locura.

Pienso rápido. Quiero ese piano y tengo una poesía escrita, habla de un perro que se pierde y el dueño llora hasta que lo encuentran, pero me parece que no está a la altura, Carlitos. Que un tipo que creó "La Carrindanga" no puede a fijarse en esos versos tan pavotes. Y ahí fue que pensé en mandarte "Los goles de Bertoni que ya van a venir". Me costó conseguir los derechos. Cuarenta años después vengo a reconocerte que la firmé aunque que no era mía, pero tanto quería ganar el concurso que lo senté a papá y se la pedí, porque me la cantaba para dormirme. Mamá se moría de amor, decía que esa canción la había inventado toda él, letra y música. Papá era un poeta frustrado, tenía muchos versos escritos en unos cuadernos de tapa negra, pero este era el que a mí más me gustaba. Enseguida me la imaginé en tu voz y hasta inventé la coreografía. Dibujé una cancha en el medio del estudio y te puse a bailar agarrado de los palos del arco.

Papá no estuvo de acuerdo. Me dijo que no le parecía que mintiera, que si quería mandar un poema estaba muy bien pero que escribiera el mío. Y yo, creo que por primera vez, no le hice caso. Así que esa misma noche arranqué una hoja de mi cuaderno Gloria de cuarto grado y escribí esta cuartilla en hexasílabos con rima consonante.

Aplaudan, aplaudan
No dejen de aplaudir
Los goles de Bertoni
Que ya van a venir.

¿Quizás corta? Puede ser, pero no por eso perdía fuerza la composición. Me tranquiliza saber, luego de haberme juntado con Facundo, mi amigo el que te atiende el cerebro, que no perdí por mal poeta sino por la corrupción enquistada en la sociedad argentina. Ojalá algún día cambiemos, todos, para que estas cosas no pasen nunca más. Quiero vivir en Noruega, Carlitos. O en Finlandia, o en cualquiera de esos países en los que los concursos televisivos los ganamos los buenos. Son cosas que le hacen bien a la democracia y al futuro de nuestros hijos.

Chau, Carlitos. Te quiero mucho. Eaeaeapepé.

3. POSTALES DE LA GUERRA FRÍA

Tengo once años y un tablerito de ajedrez de metal que se cierra como un libro pero tiene un secreto: adentro es hueco y donde debería haber hojas duermen treinta dos piezas blancas y negras, cada una con un imán. Me gustan mucho los imanes, los descubrí hace poco en Actividades Prácticas, los usamos para hacer un tablero de luces que se encendían cuando el lado positivo se atraía con el negativo. Pensé un poco sobre eso, sobre el por qué se atraían los que no eran iguales, yo creía que era al revés, que para estar juntos era mejor parecerse. ¿Mamá y papá se parecen? Creo que no. Odio Actividades Prácticas, nunca me acuerdo de los trabajos, soy bueno para hacer andar equipos de audio y televisores, no para construir maquetas o escribir en madera con un pirógrafo. Tengo once años, llevo mi tablerito que es un libro hueco lleno de piezas en el bolsillo de una campera roja de pluma de ganso de esas que se pusieron de moda. Mamá la compró por un precio razonable en el negocio de una amiga, en el Once. Mamá conoce el Once, sabe que en algunos negocios sin marca hay ropa barata y buena. O eso me dice.

Voy con mi campera roja inflada por una vereda rota de la calle Corrientes que nunca es avenida y no sé por qué si es tan ancha como Santa Fé o como Independencia. A Corrientes la tomé en Paraná, cuando doblé hacia el Obelisco, hacia el bajo, hacia el río. Los porteños no sabemos ubicarnos por los puntos cardinales. En SWAT, el teniente Harrilson le dice a los suyos que el objetivo está a dos kilómetros hacia el oeste y nunca entiendo cómo hacen para adivinar adónde mierda queda el oeste. Mirarán el sol, no sé. Yo tengo once años, un tablerito de metal con piezas imantadas, voy por la calle Corrientes y como es hacia abajo creo que es hacia el sur pero está mal, porque después miro un mapa y veo que era hacia el este, hacia el río, hacia Uruguay.

Hace frío. Qué lindo es el frío, cómo me gusta que me salga vapor por la boca. Me gusta que me salga a mí y me gusta ver cómo le sale a la gente. Por ejemplo a esa chica, en la esquina de Paraná. Debe ser una oficinista, se refriega las manos, mira para abajo, espera el semáforo, abre la boca y toma el aire helado que viene con humo del escape del 24 que acaba de arrancar. De Villa del Parque a Avellaneda hace el 24, andará por el sesenta por ciento del recorrido, cuadra más, cuadra menos. La miro fijo a la chica, me quedo esperando que exhale, que largue todo, que le dé a la calle Corrientes que no es avenida su dióxido, el monóxido del 24 que acaba de pasar, el de los taxis llenos porque cuando hace frío hay laburo, que le entregue el alma a Corrientes. Y la oficinista lo hace y es tan bella con esa voluta blanca que le sale por la boca. Después camina, como si haber liberado vapor le soltara el freno y entonces nos cruzamos y yo siento que nunca más la veré, así que me quedo con su cara de frío y el recuerdo de su boca. Cómo me gustan las bocas. A los once años son mi acercamiento más concreto al erotismo. Me puedo imaginar besando, eso para mí es el sexo, o lo que creo que es el sexo: un beso en los labios, como los que me doy a veces en el espejo del ascensor de casa, como los de Amo y Señor, con la boca abierta. Antes de perder a la oficinista alcanzo a oler su perfume, se me queda un rato en la nariz, en el asfalto de Paraná, el que hay entre una esquina y otra de la calle Corrientes, ese asfalto que es frontera, ese asfalto que es Check Point Charly entre la pizzería y la farmacia a la que a veces me mandan a comprar Dazolín para los mocos, qué tortura no poder dormir por la nariz tapada.

Cien metros me faltan, puede que ochenta, para llegar al campo de batalla de una guerra que conozco porque miro los noticieros, leo los diarios y entonces cómo no voy a saber que Carter y Breznhev ya van por la cumbre no sé cuánto de desarme y que después nada. Cómo no voy a saber que cuando uno lanza un satélite, el otro pone una base, o que voltearon al Sha de Persia, que ahora hay un viejo de barba larga y turbante y que en la embajada de Estados Unidos hay rehenes. Estaba más familiarizado con los secuestros, recién descubro que la gente puede ser rehén. También aprendí la palabra Ayatollah, es algo parecido a los imanes de mis piezas. Escuché decir a un amigo de papá que si esto sigue así se va a meter Irak, ahí en la Mesopotamia, entre el Tigris y el Éufrates, lo vimos hace poco en Geografía, me gusta más que Actividades Prácticas. También sé que pasó algo en Vietnam y que ahora se pelean en Afganistán, de donde viene Kirsha, mi perro de manto largo dorado, hocico negro y fino y mirada de no te entiendo nada. Y yo estoy ahora a diez metros, a cinco metros, de la puerta del Cine Teatro Premiere que en la marquesina tiene un cartel de una de Chevy Chasse, pero hoy no dan la de Chevy Chasse, tampoco hay teatro, hoy dan una de guerra. Polugaievsky, Poluga para los amigos, pelea contra Korchnoi, Víctor, cara de conmigo no te metas porque te encajo una patada.

Estoy en el cine teatro porque papá me dijo que hay un campeonato de ajedrez y que juegan dos grandes. Papá se va a quedar atrás de la bandeja del kiosco de la galería de Lavalle al 1500, al lado de SADAIC, vendiendo cigarrillos importados porque el Ministro de Economía es Martínez de Hoz, y alfajores Bagley, porque antes era periodista pero ahora es kiosquero. Yo soy el hijo que le queda a mano, en el que depositó las esperanzas de que sea jugador de ajedrez como él. En el último torneo salí tercero, le gané a casi todos hasta que me agarró un gordito con los mofletes llenos de pecas y me dio un baile. A punto estuvo de hacerme mate pastor, que es lo más parecido a un caño en el fútbol pero acá no tenés revancha, no le podés devolver una patada. Con un mate pastor perdés, te quedás mirando el tablero, la cara se te pone roja de vergüenza y querés llorar. No me lo hizo pero me ganó fácil, rápido, parecía que ni pensaba el pecoso de mierda ese. Qué feo es perder.

Ya estoy en el hall del cine teatro. En la puerta me dieron un programa, una hoja doblada en tres que todavía tiene la tinta fresca, huele parecido al diario de la tarde. En la tapa hay una foto en blanco y negro de dos tipos frente a un tablero. Uno tiene los codos apoyados en la mesa y con las dos manos se agarra la cabeza. Supongo que se mandó una macana y que no sabe cómo resolverla, o cómo contársela a sus padres, aunque el tipo es pelado, ya debe tener hijos. ¿Los señores grandes se siguen agarrando la cabeza cuando hacen algo mal y tienen que contarle a los papás? El otro está echado para atrás, apoya su espalda contra la silla alta y aunque la foto los muestra de perfil, le adivino una sonrisa, parece canchero, debe disfrutar el quilombo en el que está metido su rival. Miro bien, el canchero también es pelado, papá es pelado, ¿para jugar al ajedrez habrá que ser pelado?

Entro a la sala y me siento en una butaca. Los dos del panfleto están arriba del escenario, adentro de una pecera sin agua. Son dos tiburones, cada vez que uno mueve una pieza es como si diera una dentellada. A mí me acaba de salir un diente por delante de un canino, yo también soy un poco tiburón. Arriba del escenario hay una pantalla en la que se reproduce el partido. Cuando alguno mueve, los que estamos sentados en la platea copiamos la jugada en nuestros tableros. A veces se escucha un murmullo de admiración, como cuando Bochini mete un pase filtrado.

Los palcos están vacíos, o casi, porque en un uno hay una pareja. Él es rubio, joven, abraza a una negra de trenzas. Los de atrás comentan que el rubio es Timan, que ella es su novia y que debe ser una máquina de coger. Sé quién es Timan, Ian Timan, es holandés y aunque no es pelado juega al ajedrez. No sé bien qué será una máquina de coger, aunque sospecho que tendrá que ver con dar muchos besos.

Cada tanto los tiburones salen de la pecera y se van atrás, adonde tienen un lugar para descansar. Cuando el otro mueve vuelven, se sientan, piensan un buen rato, muerden y así, entre una cosa y la otra, la guerra fría dura como cuatro horas. Parece un plan muy aburrido, pero me divierte estar en ese cine teatro, rodeado de otros como yo pero más grandes. Capaz es eso, que me siento más grande, no sé.

Al final entra el árbitro, un viejo con un habano en la boca. "Qué grande Najdorf", dice uno. Ya sé quién es, papá lo ama. Korchnoi escribe algo en un papel, se lo da a Najdorf que lo mete en un sobre. Polugaievsky firma. Después se estrechan las manos y se van, cada escualo por su lado. En la platea juegan a adivinar la movida que dormirá en el bolsillo de Najdorf hasta mañana, cuando los tiburones vuelvan a la pecera a pelear. No sé si vendré, será jueves, tengo fútbol en el Parque Lezama, donde para ser titular hay que tener mucho pelo en la cabeza y los partidos no se terminan mientras haya un rayito de luz. Ah, creo que mañana tengo Actividades Prácticas. Ni idea del trabajo que había que hacer pero no lo hice. Y no creo que tenga que ver con imanes, ni con Ayatollahs, ni con máquinas de coger

4. BARQUITO DE PAPEL

Aquella mañana me desperté con ganas de lluvia, unas ganas de esas que a veces se me juntaban en el pecho y no se iban. Ojalá que hoy llueva, pensaba. Ojalá que hoy haya tortafritas, pensaba. Ojalá que se embarre todo el campo de deportes que nos presta la policía para hacer gimnasia así no tengo que aguantar a Jiménez y sus gritos de militar frustrado, pensaba.

Al rato, a eso de las diez de la mañana, digamos después del recreo largo, el de la pizzeta a cincuenta pesos en el quiosco de Petete, escuché un trueno. Lindo trueno, de esos que arrancan medio tímidos, se desperezan y después largan un rugido que no te asusta porque alcanzaste a prepararte. Los vidrios de las ventanas de segundo primera, apenas sostenidos por las maderas hinchadas, temblaron un poco. El eco quedó unos cuantos segundos suspendido en el aire. Me perdí el rayo, pensé y me dio pena, me gusta la secuencia rayo-trueno. Sobre todo porque, al ratito, casi siempre empieza a llover. Rayo-trueno-lluvia. Como aquella mañana, a eso de las diez, luego del recreo de la pizzeta.

Supongo que fue un rato después, quizás cuando vi caer el agua por la canaleta. Chocaba con el piso, salpicaba para todos lados y después se juntaba en un hilo que arrancaba a correr ahí, al pie de mi división. Terminaba en la rejilla de preceptoría, cerca del escritorio de Marta, una petisa de culo redondito que bamboleaba dentro de unos jeans nevados. Supongo que fue ahí cuando me acordé de "barquito de papel, sin ancla, sin timón y sin bandera". La canté para adentro, como casi todo lo que hago, busqué una hoja sin usar en la carpeta de lengua y me puse a hacerle pliegues. Yo sabía hacer dos modelos de barcos de papel. Uno era el clásico, el que parece un velero, pero ese lo sabe hacer cualquiera. No digo que no sea lindo, tiene su gracia, pero yo soy distinto, yo sé hacer uno que el resto no, uno con dos chimeneas grandes y redondas como las del Titanic. Mi barco de papel no necesita viento, anda a gasoil, como el que se junta en el río, al lado de los barcos de verdad.

Entonces me puse manos a la obra, pero a poco de empezar apareció un problema: al tercer pliegue, me olvidé de como se hacía. Era raro, porque yo sabía, pero no me salía. Intenté varias veces, desperdicié muchas hojas, decidí no contarle a mamá porque ella siempre dice que las hojas son muy caras. En un momento estuve a punto de dejar todo, pero yo no soy así, no soy de abandonar lo que no me sale. Quizás fue ahí cuando miré por la ventana de maderas hinchadas y vi dibujado en el vidrio, en medio de inscripciones de amor y alguna que otra guarangada, un cuadrado con diagonales y paralelas. Era un plano, un plano preciso y detallado de cómo construir un barquito de papel, no uno de vela sino con chimeneas. ¿Quién me habría dejado ese regalo? Mientras la de francés hacía como que nos daba clases, yo hacía como que la escuchaba y seguía las instrucciones. Doblaba la hoja y repasaba cada línea con las uñas medio sucias. Me daba miedo que el ruido del roce llamara la atención de Madame Rasani pero tuve suerte, Madame seguía empeñada en su clase que no era clase y mis compañeros en ponerle cara de oui.

Habrá sido en el recreo siguiente cuando salí con mi barquito y lo apoyé sobre el riacho que unía segundo primera con las cercanías del escritorio de Marta, la de los jeans nevados. Primero se zarandeó bastante. Culpé a las salpicaduras que le caían encima, pensé que era como poner un bote justo abajo de las cataratas. Recordé lo mal que la había pasado aquel crucero que quedó bajo la tormenta de lava del volcán de Krakatoa, al este de Java. Lo había visto en el Gaumount, con efecto Cinerama. Las piedras se te venían encima y después te dolía la cabeza del mareo. No quería esa suerte para mi barquito. Lo empujé un poco, le busqué un curso más tranquilo y así fue que arrancó aguas abajo, llevado por la corriente que venía desde arriba. Navegó sin problemas por el Juarez Celman, como se llamó desde ese día el río que se armaba en el Colegio Nacional Nro 7 Juan Martín de Pueyrredón, entre segundo primera y el culo de Marta. Le puse el nombre del antiguo dueño de casa. Un año después aprendí que no era muy digno de tener un río. Algún día, otros se encargarán de enmendar mi error.

No escuché el timbre del fin del recreo, ni las bromas de mis compañeros por mi nueva obsesión. Estuve horas fabricando barcos de papel, los hice de todos los tamaños. Cuando se me acabaron las hojas en blanco, ataqué las escritas. Así, algunos de mis vapores encerraban fórmulas matemáticas, frases en inglés, declinaciones en latín. Me pareció que podía nombrarlos con una palabra de la hoja y la L de Luciano. Boté el Tutankamón L, el Umbrella L, el Colombae L... A la salida del colegio tenía una flota mercante surgida de mis manos de astillero, compuesta de cuarenta y dos naves listas para hacerse a la mar.

En la esquina de Estados Unidos y Chacabuco probé una muy pequeña, que hizo con hidalguía el cruce de una vereda a la otra. A una de las más grandes, creo que fue Dicotiledonea L, la apoyé sobre el torrente que bajaba por Carlos Calvo hacia Paseo Colón. La perdí metros después, volcada por una ola artera, alta como una pared, que el capitán no supo trepar. Me sobrepuse, un hombre de mar no se amilana ante el primer naufragio. Del bolsillo de mi campera roja saqué el Coseno L y le di el encargo de terminar la travesía. Caminé agachado a su lado, listo para recuperarlo en caso de emergencia, pero no hizo falta. Llegó al final del recorrido y luego sí, ya con la misión cumplida, se retiró venturoso por el sumidero de la esquina. Lo había perdido, ya sé, pero no lo daba por naufragado, supuse que su estructura soportaría el cruce de los torrentes y que terminaría, al cabo de un rato, en el Río de la Plata. Luego, si el combustible le alcanzaba, atravezaría Ensenada y saldría a mar abierto. Era un digno final para Coseno L, uno de mis mejores navíos.

Anduve toda la tarde echando barcos de papel por San Telmo. Que no dejara de llover nunca, que los torrentes no menguaran, que los cursos no se secaran, que mis naves pudieran calar y calar. Pero en un momento se levantó un viento fresco que parecía venir desde el sur, alguien apagó la lluvia y al rato, un sol bonito y suave secaba las calles de mi barrio.

Al día siguiente aproveché un recreo y entré a primero primera. Me sentí un gigante entre las mochilas y carpetas de los más chicos. Busqué una ventana que tuviera un vidrio sujetado por maderas humedecidas por el tiempo y dibujé, con el trazo firme de una tiza, el plano secreto de un perfecto barco de papel. Con vela no, con chimeneas. Dos chimeneas. Quizás, algún día, alguna mañana, un nene se levante con el pecho lleno de ganas de lluvia y lo necesite.

5 LA JIRAFA CAROLINA

A mí me debe haber quedado el cuello más largo después de aquel verano en el que vi el mar por primera vez. Después habrá vuelto a su lugar, pero durante esos días de playa en Punta Mogotes seguro que me creció. A mi amiga Carolina no, porque ella ya lo tenía enorme, finito y largo, con un montón de manchas más o menos marrones y un pelo corto y suave que cuando yo lo acariciaba se ponía todavía más brilloso al sol del Sahara.

A Carolina la conocí la vez que fuimos a Mar del Plata en tren. Lo tomamos en la estación de Temperley, una noche fresca de enero. Mamá, siempre práctica, había descubierto que El Marplatense hacía una única escala que nos venía perfecta, a pocas cuadras de casa y allí nos subimos. El tren tenía tres categorías, Pullman, Primera y Turista. Los vagones de Pullman tenían paredes plateadas y eran para los ricos, los de Turista bancos marrones como los de todos los días y eran para los pobres. Los sillones de cuerina verde oscuro que se reclinaban bastante eran los de la Primera y eran para nosotros. Del viaje mucho no me acuerdo, tengo más imágenes de la estación. La locomotora iluminando el camino al andén central allí donde el Roca se abre en dos ramales, la excitación de usar ese riel por primera vez para ir más allá de las fronteras de Lomas, el guarda tocando el silbato como un árbitro, el olor a metal quemado y gasoil. También recuerdo haber ido a espiar al vagón comedor pero que no cenamos ahí, teníamos unos sándwiches de milanesa mucho más convenientes en precio y comodidad, pero a mí me pareció una maravilla eso de que a la gente le cocinaran en el tren.

Al día siguiente, cuando llegamos a la playa, no sentí nada especial. Me habían dicho que conocer el mar sería increíble, maravilloso y no sé cuántas cosas más que deben haber jugado más en contra que a favor porque no me pareció nada del otro mundo, no era tan distinto al Río de la Plata que ya había cruzado un montón de veces para ir a Colonia. De color azul o verde sí, con olas grandotas también, pero otras diferencias importantes no le encontraba. Quizás fue por eso que cuando me paré en la orilla para que la espuma me refrescara los pies quemados por la arena y escuché que del otro me gritaban "Panchito, Panchiiiiito", me alegré. De eso sí que en mis veranos de río no había. No les voy a mentir, no es que me di cuenta enseguida. Al principio creí que era mi hermana que ya se había metido al agua y que me toreaba desde la segunda rompiente. O por ahí buscaban a otro Panchito. Incluso me fijé bien si no era alguien que llamaba al vendedor de Vienísima, porque esa confusión la vivía seguido en la cancha, dos por tres me daba vuelta cuando alguien pedía un pancho. Pero no, esto era distinto. Este llamado, acompañado de un chistido, venía de enfrente. De África. En cuanto me contaron que íbamos a ir a Mar del Plata pregunté dónde quedaba en el mapa y descubrí que del otro lado estaba el continente de Daktari. A mí me gustaba la serie, era fan del león bizco. Me daba un poco de pena que viera mal, pero mamá me decía que igual lo cuidaban mucho. Creo que fue por esa época que coqueteé con la idea de ser veterinario, deseo que desapareció como por arte de magia cuando llevamos a uno de mis perros a cortarse el pelo. Como no se quedaba quieto, el veterinario le dio anestesia pero se ve que se le fue la mano porque casi lo mata. Para revivirlo le dio otra inyección en el medio del corazón. Demasiado para mí, terminé desmayado. La historia es un poco más larga pero no viene al caso ahora. Ando en algo más importante. Estoy parado en la orilla del Oceáno Atlántico, estirando el cuello y haciendo visera. Trato de adivinar quién me llama desde allá enfrente. Ahora es cuando veo a Carolina.

*

El día que la maestra nos mostró el mapa y nos dijo "del otro lado del mar está Argentina" no entendí de qué me hablaba. Es cierto que las jirafas no somos de escuchar demasiado porque la gente mucho no nos habla. Debe ser porque tenemos fama de no tener cuerdas vocales, somos algo así como las mudas de la sabana, pero exageran. Bajito pero hablamos, escuchar escuchamos y además somos animales muy inquietos, de esos que en las clases preguntamos y queremos saber todo. Nada que ver con los leones, que tienen chapa de líderes pero son brutos, ni que hablar con los elefantes, que pegan unos gritos que se escuchan a kilómetros y nunca dicen nada interesante.

A mí, desde ese día, me quedó grabada la palabra Argentina. Capaz fue porque suena lindo. También me interesó lo del mar, porque no lo había visto nunca en mi vida y en el mapa parecía enorme. Nosotros sabemos que la gente tiene una imagen un poco equivocada de los animales de África. Ven Madagascar y se imaginan que todos somos Mellman, que anda por ahí viajando en avión y haciéndose la enferma. La verdad es que yo al menos soy sana y joven, de viajar nada de nada y hasta esta aventura que estoy por contarles no conocía más que el pedazo de tierra dónde nací.

Así fue que me obsesioné con "los del otro lado" pero no lograba averiguar demasiado. Trataba de preguntar en la clase pero siempre había otro que hablaba más fuerte y me tapaba. Le saqué el tema a mamá y me dijo que no tenía idea y que me dejara de molestar que era la hora de dormir. No sé si sabían que las jirafas no son muy sociables. Digo las jirafas y no me incluyo porque a mí me gusta compartir tiempo con otros y aprender de todo lo que pueda, será que nací curiosa. La cuestión es que un día, cuando ya estaba a punto de darme por vencida y medio de casualidad, conseguí un dato.

Estaba yo muy tranquila comiendo hojas verdes de la copa de una acacia cuando un par de gaviotas se posaron en mi cuello. No es que sea tan común que los pájaros me usen de pista de aterrizaje, pero de vez en cuando pasa. En general la conversación de los pájaros es aburrida, se la pasan hablando de corrientes de aire, de velocidad de los vientos... No es que esa vez el tema fuera muy distinto, pero hubo una palabra me llamó la atención. Argentina.

—¿Cuánto tiempo le pusimos?

—Y, pensá, salimos de Río de Janeiro 13:15, entramos a la Argentina a eso de las 20, paramos para comer, después hicimos el cruce del Atlántico...

Las gaviotas sacaban cuentas y yo ataba cabos. El Atlántico era el mar que me habían mostrado en el mapa. Argentina el país de los de enfrente. No lo pensé más. Di vuelta la cabeza, les pregunté la dirección y me hice a la ruta. Bueno, a la ruta exactamente no porque en cuanto me asomaba a una, aparecían un montón de turistas con cara de tarados a sacarme fotos. Hasta tuve que escaparme de una patrulla de caminos que parecía tener la intención de devolverme a la sabana. Estúpidos, yo no me estaba escapando, lo único que quería era ver a los del otro lado.

No fue fácil el viaje. Aprendí que no en todos lados hay comida, que el África es grande, que hay lugares llenos de gente que mejor ni pisar, que para los humanos somos lindas de lejos pero que en cuanto nos ven en la puerta de un shopping llaman al 911. Pero de todas esas peripecias salí viva como para contarles esta historia, la de una jirafa un poco cachorra que un día llegó a ver el mar.

Recuerdo que no me impactó tanto como esperaba, no me resultó tan diferente a la laguna adonde íbamos a tomar, incluso probé el agua y no me gustó nada, en vez de sacarme la sed me dio más. Lo que sí me gustó mucho fue la brisa, era como si lloviera pero muy despacio, te refrescabas casi sin darte cuenta. Como ya había aprendido que era mejor que no me vieran, busqué una playa desierta y me instalé por ahí. La comida no era gran cosa, descubrí que los arbustos que crecen en la arena no tienen gusto a nada pero no me importaba, lo único que yo quería era ver a los del otro lado, así que al día siguiente, apenas salió el sol, me instalé en la orilla, con las patas delanteras un poquito sumergidas. Ahora mido como seis metros, en esos años capaz que era un poco más baja, pero si algo tenemos de ventaja las jirafas es que vemos los que otros no pueden, así que desde ahí arriba empecé a buscar señales en el horizonte. Al principio no aparecía nada. Cada tanto me ilusionaba un carguero, a veces confundía una ola alta con un rascacielos. Ya estaba por echarme a descansar un rato –un tanto arrepentida de semejante viaje– cuando de repente, en ese lugar en el que sólo se escuchaban el mar y el viento, sentí una voz que dijo Carolina. Yo me llamo Carolina pero ¿quién me iba a llamar a mí por mi nombre? No, no tenía sentido, en esa playa no había nadie, yo la había elegido muy bien. Sacudí el cuello y la cabeza como cuando me quiero sacar de encima a las pulgas, volví a mirar el mar y de nuevo "¡Carolina, Carolina..! Acá, del otro lado, mirá". Y ahí lo vi.

*

Estoy parado frente al mar, es de mañana, el sol se recorta detrás de una nube. Hace algo de frío, ese frío lindo que hace que los días sean más puros. Miro al otro lado y pienso en Carolina. ¿Cuánto vivirán las jirafas? Debe estar grande, capaz ya tiene canas en el cuello como yo en la barba. No pienso exactamente eso, más bien lo que me da vueltas por la cabeza es aquel cuento que me contaron cuando era chico y que decía que del otro lado, allá en el África, había jirafas altas como un edificio y que si yo miraba bien seguro las veía. Y eso es lo que le respondí recién a Lola cuando se paró al lado mío en la orilla del mar de Cariló y me preguntó, desde sus diez años, qué es lo que hago mirando tan fijo el horizonte. Le cuento mi cuento, le hago una caricia en la cabeza, como me parece poco la abrazo, le doy un beso y me doy vuelta porque ya es tarde y hay que pagar las hamburguesas que comimos en el parador. Mientras pido la cuenta, escucho una voz lejana que bajito dice "Lolaaaa, Lolaaaa". No me hace falta fijarme de dónde viene, ni preguntarme quién llama a mi hija desde el otro lado. Cuento los billetes sonriendo, porque sé que por un tiempo Lola tendrá el cuello más largo. Después, cuando se haga grande, volverá a la normalidad.

6. EL VIEJITO HORACIO

Hoy me desperté cantando.

En la calesita
del viejito Horacio
hay un caballito
de color limón
que unas veces ríe
y otras veces llora
según como diga
la vieja canción.

Mamá me contó que papá escribió esos versos y que un día les puso una melodía para poder cantárnosla a la hora de dormir. Hoy me gustaría mucho acordarme de su voz mientras me dormía.

Esta mañana no paré de tararearla. Caminé, manejé, trabajé, todo el tiempo con el Viejito Horacio en la cabeza. Hasta que, en un momento, se me apareció una imagen.

Es domingo al mediodía en el comedor de mi tía Melucha y estamos todos sentados alrededor de la mesa. La heladera Siam con puerta de manija hace ruido, afuera hay sol. Melucha se levanta y saca de la cómoda unos rollos de papel, los desata, los estira y reparte uno a cada uno. Es una foto carnet de mi padre pero impresa sobre unas hojas grandes, aceradas, más gruesas que las de una revista

Gente. Son blancas y mi viejo está allí, ampliado, exagerado. Su cara está en color azul, como si esa fuera la única tinta que le hubiese quedado al señor de la imprenta. Melucha entrega un ejemplar a cada uno y llora, mis tías reciben la foto que les toca y lloran, mamá mira la escena con congoja. Yo recibo el mío y no digo nada.

Más tarde vamos a la calesita del Parque Lezama. Yo ya no tengo edad para subirme, estoy en ese filo en el que soy grande para hacerlo en serio y chico para tomármelo en broma, pero necesito ser nene así que uso a mi hermana María como excusa. Vamos Marita, vamos que yo te llevo. La alzo, no me pesa, es liviana y ahora soy el único hombre de la familia. La aprieto contra mi pecho, saco un par de boletos como los de colectivo, veo pasar el 22 por Defensa. Escucho gritos, giro para mirar hacia la Bombonera, Boca debe haber hecho un gol. Después me trepo a la plataforma con María, Marita, media lengua, le gusta un avión de madera. La siento en el banquito entre las alas y me quedo ahí cerca, apenas agarrado de una de las varillas que sostienen el techo. Sé que cuando los grandes se suben en broma o para cuidar a algún nene hacen eso, se agarran de esos palos, entonces me hago el grande. María se ríe contenta, a lo lejos escucho uhhhhh, Boca se habrá perdido un gol. Miro al centro de la calesita, tiene un montón de espejos, en uno me veo a mí, no me gusto nada con mis rulos descontrolados y raya al costado. Tengo puesta una campera de cuero gris que era de mi tío Choche, me queda grande, ni sé por qué la uso. Nada en ese espejo es mío, esa cara no es mía, esa campera no es mía, esa cancha de allá al fondo no es mía, por mí que hagan todos los goles que quieran o que les metan cuatro mil, yo qué sé. No sé ni quién juega.

La fila de los caballos está vacía. Es raro, siempre es la primera que se llena. Me subo al que está más afuera, me queda un poco chico pero qué me importa. Cuando paso delante de la sortija tiro la mano, el señor hace un par de amagues y me la niega. Lo puteo. Hijo de puta, dame la sortija. El tipo me mira raro, a la vuelta siguiente me la niega de nuevo y le grito otra vez, tengo tanta bronca que me pongo a llorar. Ya no me importa que me miren, ya no sé si hay alguien más en esa calesita de mierda, lo único que quiero es mi sortija.

Miro de nuevo al espejo. Atrás mío aparece un pelado con gamulán. Canta "en la calesita del viejito Horacio/hay un caballito de color limón/que unas veces ríe y otras veces llora/según como diga la vieja canción". Miro a María, por suerte no se da cuenta de nada. Miro al espejo, por suerte el pelado sigue ahí. Me calmo, ya está todo bien. Sólo me preocupa un poco que el pelado tenga la cara azul, y que la vuelta se termina.

7. DIA DE LA BANDERA

—Che, ¿sabés algo de Nicolossi? El Supervisor quiere saber cómo está.

—Hablé ayer, recién le está cerrando la herida.

Con la excepción de un cambio de colegio que me agarró con el paso torcido, en la primaria fui un excelente alumno, digamos que navegaba entre los tres o cuatro mejores del aula. Por culpa de eso, el resto me ubicaba en el grupo de los tragas. Me parecía injusto porque yo no necesitaba tragar para saber, con escuchar o leer me bastaba. Mientras mis compañeros se pasaban las tardes luchando con la regla de tres simple o memorizando conjugaciones, yo andaba en las plazas con la pelota del Rojo porque, total, ya me sabía todo. Aunque había un problema. En los 70, ser de los tres o cuatro mejores del grado no garantizaba entrar directo a la Copa, capaz ibas al repechaje, porque el abanderado era el mejor promedio y lo escoltaban los dos que lo seguían. Para el resto quedaba el acto desde abajo, lo que hoy se llamaría mirala por Fox. Durante seis años y medio me pasó eso, no lograba subir de ese maldito cuarto lugar. Tenía garantizado pasar de grado, tranquilidad familiar y amor de maestras pero no me daba para más. Y yo quería ser abanderado, o al menos escolta. No me daba lo mismo.

El diez de junio de 1979 la historia empezaría a cambiar. O mejor dicho, iba a dar un golpe. Ese día la señorita Margarita —una colorada de rulos de la que estaba perdidamente enamorado– se paró frente al aula y anunció quienes iban a ser abanderados y escoltas para el acto del veinte. Estaba en séptimo grado, esa era mi última chance. Quedaban algunas fechas patrias más pero ninguna tan emblemática como la de Manuel Belgrano. Me iba bien en todo, las pruebas eran puros nueves y dieces. Tenía chances, había permiso para soñar. Esperé el veredicto tenso como siempre y cuando ella, con esa voz tan linda que tenía dijo "Luciano Olivera, segundo escolta", me debo haber puesto colorado. Mis amigos, que sabían que yo estaba a la espera y siempre quedaba afuera por poco, me abrazaban y coreaban "OLI, OLI". Acababa de meter el gol de la clasificación. Al fin lo conseguía.

Recuerdo que ensayamos dos veces antes del acto. Mucha falta no hacía porque Marcelo, eterno mejor promedio, había llevado la bandera en todos los anteriores, ya se sabía el protocolo de memoria. Pero, en un gesto de previsión casi bilardista, las maestras hicieron que los escoltas portáramos el estandarte un par de veces, por las dudas. Así, sin público, fue mi debut en el delicado arte de encajar el asta en la cuja. Ese día me enteré de que así se llamaba el soporte con forma de vaso de campamento que cuelga de la banda. De una punta a la otra del salón de actos, con paso marcial, alzábamos la vara y la depositábamos en la cuja. Después a la inversa, hasta que lo hicimos con relativa naturalidad.

El día del acto llegué bien temprano, con mi guardapolvo recién planchado. Mamá y papá reventaban de orgullo, el nene al fin era escolta. Me dieron un beso, se fueron entre el resto de los padres y yo caminé hasta la Dirección, el lugar donde estábamos citados. De entrada me extrañó que no estuviera Marcelo, el abanderado, siempre tan puntual. Tampoco Pablo, el primer escolta. Al rato vi a la Directora que venía apurada, casi que arrastraba de los brazos a dos de mis compañeros. No hubo tiempo para mucha explicación, estaba a punto de empezar el acto. Me dijo "Marcelo y Pablo están enfermos. Buscá la bandera, la llevás vos". Ni culpa sentí por alegrarme. Saqué el paño de la caja de vidrio, tomé el asta, la armé tal como me habían enseñado, me crucé la banda y ahí estaba yo, listo para debutar en mi propia Copa Libertadores de América. No hice el saludo del Rojo, el de los brazos en alto, porque ya era demasiado. Ganas no me faltaban.

Todavía hoy recuerdo la cara de sorpresa de mamá y papá cuando me vieron entrar al salón mientras se escuchaba el tradicional "hace su ingreso la bandera de ceremonia". Cuando vino el "señores, de pie" para cantar el Himno, levanté el asta y la puse en la cuja tal como había aprendido. Sentí algo raro, como si no hiciese tope como en los ensayos, pero nada grave. Terminó el "O juremos con gloria morir" y yo sin sobresaltos. Vino el tiempo del descanso, pude apoyar el asta en el piso y seguir el acto desde mi lugar privilegiado. Los nenes de cuarto hacían una obra pésima ambientada a orillas del Paraná. Lo de siempre.

No faltaba mucho para el pitazo final, estaba a punto de dar la vuelta olímpica, abanderado en la fiesta más importante y manejando el encuentro a voluntad. Pero claro, suele pasar que los equipos poco acostumbrados a los partidos decisivos no saben cerrarlos. Algo de eso pasó cuando anunciaron que para terminar entonaríamos las estrofas de "Aurora". Levanté el asta, quise ponerla en la cuja pero se me resbaló y le di de lleno en la la cabeza al profesor Nicolossi, que tuvo el mal tino de pasar por adelante justo en ese momento.

Una semana estuvo sin venir. Cuando volvió de su reposo, papá y mamá me obligaron a que le pidiera disculpas. La señorita Margarita nunca más me miró igual. Desde ese veinte de junio no volví a preocuparme tanto por los promedios. Con no descender me alcanzaba.

8. CÁSCARA DE NUEZ

Son las seis de la mañana acá en el campo. El arquero se estira mil veces y mil veces rechaza los mil corners que le dispara el equipo contrario, desesperado por hacer un gol que lo clasifique a la próxima fase. El árbitro se lleva el silbato a la boca, parece que va a pitar el fin pero no, señala la esquina, autoriza una ejecución más. Última bola de la noche. Miro fijo hacia el área. Algo pasa con los atacantes, se transforman en ratas. Algo pasa con el arquero, ahora es un gato. Cuando la cabecita de uno de los roedores impacta la pelota y el michifuz alza las garras desesperado por mantener la valla invicta, me despierto. Son las seis de la mañana, anoche vi fútbol, nos dieron mil corners y no metimos ni uno. También fui hasta el monte a buscar leña. No tardé en encontrar unos troncos que me servían y cuando moví el primero, asusté a una familia de cuises que corrió entre mis pies en busca de otro refugio. Son las seis de la mañana y no sé si me despertó la angustia del sueño que se puso asqueroso o mi gato Pancho rascando la puerta del cuarto. Tampoco sé si ser tan obvio con lo que pasó ayer y mi inconsciente.

*

Todavía no amanece en Cañuelas. Me levanto sin hacer ruido, lavo un poco mi cara de insomne y pongo a calentar el agua para el primer mate, que en la ciudad me da acidez y acá no. Voy al living, atizo el rescoldo en la chimenea, agrego un poco de leña –más por facha que por frío– y vuelvo al libro que me tiene atrapado: Cáscara de Nuez. McEwan juega a Hamlet. Una pareja planea la muerte del ex de ella. Ella es Trudy, él es Claude. La trama se espesa. Primera complicación, Claude y el ex de Trudy son hermanos. Segunda complicación, Trudy está embarazada de su ex. Tercera complicación, el feto escucha todo desde la panza de la madre. Escucha que Trudy quiere muerto a su ex pareja pero duda, que Claude le dice ratita y la seduce. Escucha que su tío profanador propone el método, que su mamá adúltera lo acepta. Van a liquidar a su padre con veneno, van a sacarlo de sus vidas y de paso a quedarse con la mansión. Algo huele a podrido en McEwan. Cabeza abajo y listo para el desacople, el feto teme quedar a la merced de una pareja de asesinos estafadores, se imagina mamando entre barrotes y no quiere. Por ahí es más o menos donde me dormí anoche y por donde voy a retomar ahora, pero todavía no porque me acuerdo de algo.

*

Vamos en el Expreso Cañuelas, el 51, de vuelta para Lomas de Zamora. Arranca en Constitución y termina en el lejano sur de la provincia, muy cerca del campo desde donde ahora recuerdo. Pasé todo el día en lo de mis tíos, los que viven en San Telmo. Comí, jugué, corrí palomas en el parque Lezama. A la tardecita fui a tomar el "té alto" a esa confitería de Rivadavia que tanto le gusta mi tía y que tanto desprecia su marido. Ahora es de noche, el Cañuelas se acuna sobre el empedrado de Pavón y yo, sentado sobre la falda de mamá, apoyo mi oído en su pecho. Amo escuchar la voz que le sale profunda de la caja torácica y va derecho a mi cabeza. No hay nada en el medio que nos separe, quiero quedarme así para siempre. Escucho retazos de la charla. Mamá susurra, suena escandalizada con ese hombre que hoy a la tarde cruzó medio salón de Las Violetas para saludar a la mesa en general y a mi tía en particular. Papá asiente, dice que el tipo lo asusta y mamá le contesta "obvio, cómo no te va a dar miedo con esa cara de ratita. No entiendo qué le vio tu hermana. Para mí que sólo quiere quedarse con la plata. Saludarla así adelante de Ernesto, qué desvergonzado...". Mejor me duermo porque no entiendo de qué hablan. Mañana jugamos con la Unión Española, papá juró que me va a llevar por primera vez a la Doble Visera.

*

Ya clarea en el campo. Me cebo un mate y abro a McEwan. Vuelvo unas páginas para atrás porque no me acuerdo hasta dónde leí anoche. Ahora tampoco sé bien qué fue lo que soñé hace apenas un rato. Es curioso. Unos párrafos más arriba me lo acordaba perfecto, como si lo hubiera escuchado desde la panza de mamá.

9. EL TREN DE LAS NUEVE EN PUNTO

Casi todas las mañanas de mi vida tomo un café en algún bar, después de dejar a Lola en el colegio y antes de ir a mi oficina. Es linda mi oficina, tiene muebles cancheros, una repisa llena de objetos que dicen bastante de mí y una cafetera que hace un espresso perfecto. La adorné a mi gusto porque la uso todo el día, desde las diez de la mañana hasta las nueve de la noche. En ese tiempo hago cosas muy distintas. Pienso programas de televisión, analizo estrategias de comunicación, escribo presentaciones y papers, soy alumno de inglés, a eso de las siete de la tarde la transformo en aula y me divierto con mi taller de escritura. Pero por mucho que mute mis pieles, tantas horas en el mismo decorado me aburren. Por eso el bar, porque es una escala y un refugio.

Soy rutinario, suelo enamorarme de las cosas y repetirlas durante mucho tiempo. Una vez me pasó con los Rocklets. No podía irme a dormir sin haber comido un paquete. Así todos los días, durante meses. Otra vez con el helado, tomaba un cuarto por noche, sin importar el clima ni la grasa que acumulaba. Con los lugares soy parecido, me gusta uno y lo adopto, como al bar en el que escribo esto. Me tratan bien, no me re preguntan si al café lo quiero solo –claro que lo quiero solo, la leche me da asco–, me ponen un sconcito en el plato, me saludan con un buen día al entrar y otro al salir. Y además, en la mesa de al lado de la ventana está ella.

Lee el Clarín de punta a punta, es esa clase de personas que arrancan por la tapa y terminan en el pronóstico y los chistes. Lo ojea con cuidado, pasa cada página como si fuera un incunable y no algo efímero destinado a envolver huevos. Cada tanto levanta la vista y entonces yo la miro a los ojos. Todos los días repetimos el ritual, todos los días espero que nuestras miradas se crucen. En vano, porque ella nunca me mira. Quizás no le resulto importante porque es como si me traspasara, la mirada de ella termina en la pared que tengo atrás. No es que me evita, simplemente no estoy. Es feo no estar, no ser alguien para quienes te importan y ella me importa, quiero llamarle la atención pero no lo logro. Soy de vidrio.

A las nueve pedirá la cuenta. A las nueve exactas. Eso también me gusta de ella porque yo la pido siempre cerca de las diez y sé cuando son sin mirar el reloj, pido la cuenta y después me fijo. Soy bueno en eso, nueve y cincuenta y siete, diez y dos, nunca mucho más o mucho menos. Pero ella es mucho más precisa, su sistema es mejor que el mío. No sé como hace pero todos los días, exactamente a las nueve en punto, pide la cuenta. Y ahí es cuando yo, todos los días, escucho lo mismo.

—¿Me podés pagar? ¿Me podés pagar? ¿Me podés pagar que te quiero pagar? ¿Me podés pagar? ¿Me podés pagar? ¿Me podés pagar que te quiero pagar? ¿Me podés pagar?

En eso también es tan exacta, siete veces repite el pedido. Nunca seis, nunca ocho, siempre siete, sin pausa entre una frase y otra. Todos los días las cuento y todos los días temo que cambie el patrón, pero no, por suerte no, menos mal que no. La moza se acerca y le dice que claro, que son setenta pesos y ella le da cien y la moza ya tiene los treinta para devolverle y ella no deja propina nunca pero a la moza no parece importarle.

—Hasta mañana, ahora ya me tengo que ir. Hasta mañana, me tengo que ir ahora. Hasta mañana. Hasta mañana —dijo hoy, como dice siempre, mientras salía por la puerta que deja siempre entre abierta y la moza siempre termina de cerrar, para que el ruido de los motores de Álvarez Thomas no nos moleste a nosotros, a los que tomamos café con un scon en el platito, sin leche porque la leche es un asco.

Todos los días me quedo unos segundos mirando la mesa en la que ya no está y escuchando como flotan, en el aire con olor a tostadas, sus frases repetidas. Todos los días me acuerdo un poco de mi tía loca, una que murió joven y que la familia escondió como se escondía —como se esconde— a los locos propios.

Pido la cuenta, ya son casi las diez, no miro el reloj, no hace falta. Es hora de cruzar a mi oficina. La moza me ofrece el diario que dejó ella. No sé por qué hoy se lo acepto y mientras espero el vuelto lo ojeo. Habla de una tormenta que anoche no hubo, de un dólar que ya no existe, de un campeonato que terminó hace mucho. En la página de policiales me llama la atención un recuadro. Un hombre se suicido en las vías del tren. Se tiró a las nueve en punto de la mañana, acá cerca, en la estación Colegiales. El servicio estuvo interrumpido siete horas, hasta que los forenses terminaron su tarea. Al lado del recuadro alguien escribió, siete veces, "vos eras al único que miraba".

10. EN EL MEDIO DEL PAISAJE

–¿Abrimos una cerveza ahora o esperamos?

–Mejor esperá un poco. Dejalas un rato en la heladera, el chino nunca las tiene muy frías.

Está destemplado afuera de ese tercer piso que balconea sobre la Avenida Avellaneda. Quizás hoy estaba más para un vino o un whisky, pero cuando empezaron a pintar era verano y les quedó la costumbre, por eso Carolina empuja las dos botellas hacia el fondo del estante más frío, cierra la puerta y vuelve al living. Pegado al balcón hay un atril sobre el que se apoya un bastidor con un lienzo. No es grande, no mucho más de un metro por un metro. Ese es el tamaño de la obra y eso es lo que mira Josi. Primero de frente, después se balancea como un boxeador, hacia un lado y hacia el otro, hacia adelante y hacia atrás, con la vista clavada en el objetivo. Laura atiende la escena desde la cocina y sin darse cuenta acompaña el bamboleo.

–No le creo mucho la cara a este nene. Parece más grande –dice Josi.

Laura se acerca despacio.

–Sí, puede ser. Igual es un detalle...

–Esto se termina hoy, Lau. Algún día hay que decir ya está. Hoy hay que atacar los detalles.

*

Sobre el fuego bajo hay una olla. Adentro se cocina, desde hace horas, el puchero número doscientos mil de los que lleva hechos Graciela en su vida. Automática, agrega condimento, chequea la sal, corta un poco más de verdurita. Si supiese que este es el último no lo creería, o al menos tomaría nota de lo que está haciendo pero como no sabe, sólo sigue la rutina. Escucha el borbotear porque su marido muerto, el Francés, le enseñó que ahí está el secreto de cocinar a la olla. En el sonido. Si es demasiado fuerte, algo se cocerá de más. Si escasea, algo quedará crudo. Entonces observa desde una distancia que también es automática, se agacha para chequear el nivel del fuego, se estira para ver el tamaño de las dos o tres burbujas que explotan suaves. Pero sobre todo escucha, mientras, afila el cuchillo haciendo círculos en la piedra —eso también se lo enseñó el Francés —y espera a Pablito, su nieto, que le pidió puchero como siempre cuando llega el frío.

*

La segunda cerveza suelta un poco la lengua y también las manos. Josi piensa que Laura usa el pincel como un puñal y el lienzo parece su oponente. Se aleja, lo mira, lo mide y luego arremete. Dos o tres toques y se repliega. Hacia atrás observa y espera, hacia adelante deja marca. Josi la mira con una media sonrisa, a Lau le queda lindo pintar.

—Es que no sé si ese nene tiene que estar triste, contento... ¡Ni siquiera sé por qué está ahí! —se enoja Laura.

—¿Por qué lo pusiste?¿Te acordás?

—No sé... —toma un traguito de cerveza. —Me parece que fue aquella noche que dijimos eso de que nos gustaría ser como Benjamin Button.

—¿Por eso tiene la edad cambiada? —arriesga Josi.

—Puede ser, puede ser, sólo recuerdo que te fuiste, yo me quedé mirando el cuadro y agregué al nene ese, yo que sé.

—¿Querés borrarlo? Por ahí es más fácil.

—No, no sé si es para tanto. Pero no sé qué hace ahí, en medio del paisaje. Es como si estuviera demás.

*

El sonido del timbre despierta a Graciela de la ensoñación con la que escucha los plop plop de la *michoteaur*. ¿Qué quiere decir *michoteaur*? Ni idea, esa era la palabra que usaba el Francés. "Esto se hace en la *michoteaur*", decía siempre, y quedó. Pero no piensa en eso Graciela cuando arrastra los pies rumbo a la puerta sino en Pablito, el nieto único, y en su hija, la Gaby, la que crió para que la acompañe en la vejez y ya no está. No quedaba embarazada la Gaby, hizo mil tramientos, vendió la casa y el auto para pagarlos. Cuando al fin lo logró, el destino le hizo un chiste de esos muy pesados: murió en el parto. Graciela lloró tanto que no le quedaron más lágrimas. Cómo se iba a morir la Gaby si era su bebé. Ojalá se hubiese quedado en pañales para siempre. Revuelve un poco más la olla y decide que hoy le va a contar a Pablo que el último estudio le dio mal pero que bueno, nadie vive eternamente. Ni siquiera la Gaby, que vivió tan poco.

El timbre que suena de nuevo, Graciela que guarda el cuchillo en el bolsillo de la bata, los pensamientos que le duran todo el pasillo del ph, ahí a la vuelta de la cancha de Ferro. Del otro lado de la puerta está el nieto y ella le abre, el cuerpo listo para el abrazo tibio en la noche destemplada de Caballito.

*

—¿Te molesta si fumo acá adentro?

—No, para nada. Además es tu casa.

Laura busca un encendedor, dice a la pasada "igual fumo tan poco que ni ceniceros tengo". Josi aprovecha la pausa, se levanta del sillón que lo tenía absorbido y camina hacia el cuadro. Se acerca de a poco, va de lo general a lo particular. Le gusta la tonalidad y piensa que estuvo bien aquella primera decisión veraniega de jugarse por un paisaje ocre. Era una obra larga, iba a terminar en otoño, quizás en invierno. Laura se lleva el cigarrillo a la boca, aspira, exhala despacio, lo ve mirar y lo escucha decir:

—No te va a gustar esto, pero a mí me parece que ya está.

—¿Cómo que ya está? ¡No!

—Y sí, Lau. Ya está. Algún día iba a pasar.

—¿Y el nene?

—El nene está de más. Matalo.

*

Pablito ya la abrazó. Ahora mira a la vieja que camina delante suyo, escucha cómo se arrastran los pies por el pasillo de baldosas mojadas. Huele de lejos el puchero, hace un comentario, imagina la sonrisa orgullosa de su abuela cocinera. La ve darse vuelta, le dice de nuevo "debe estar buenísimo" y ella que sonríe pero saca del bolsillo de la bata el cuchillo de cocina que afiló en la piedra que le enseñó a usar el Francés y le pega a Pablito una estocada a fondo, en el estómago, una estocada que Pablito no entiende. Mientras cae, escucha algo así como "siempre estuviste de más".

*

Josi baja la escalera y piensa que son un poco incómodas esas despedidas. Por suerte pasan rápido. Tres horas hablando frente a un cuadro y sin embargo los finales se parecen a una huída, qué infantiles. Un roce de mejillas de compromiso, unos pasos hasta el auto y listo, Lau seguirá siendo una razonable pintora y Josi un aceptable crítico. Pactos son pactos.

Entra rápido al coche, no llueve pero no le gusta como está el aire, tan lleno de humedad. Pone primera, enciende las luces altas porque no se ve nada, hace unos metros y dobla por Avellaneda. Una vieja se le tira encima del capot. Frena asustado, baja la ventanilla y ve la cara de desesperación de la mujer que, cuchillo en mano, le pide que llame a alguien. Al 911, a la policía, a alguien.

—Lo maté —llora sin lágrimas. —Maté al nene. Estaba de más. Siempre estuvo de más en mi paisaje.

11. PAPÁ NOEL EN EL BAR

—Vení, sentate. Charlemos un rato.

Ya casi que cierra el Negro. Abrió el 24 más por solidaridad con los solitarios que para hacer caja. Ese bar no anda, ni los 24, ni los 31, ni siquiera los 5, cuando los del barrio ya cobraron los sueldos y las jubilaciones. Igual no se queja, el Gascuña no le dará plata pero es su lugar en el mundo, adonde ir cada mañana y de donde volver cada noche. Hace rato que, como no hay ganancia, hace de todo. Es encargado, cocinero, mozo. Ahora, un rato antes de la Nochebuena, trapea la mugre que dejaron los pocos clientes del día y escucha al Papá Noel ese, el único parroquiano que queda, medio arrumbado contra la ventana del fondo.

Justo le tocó un Papá Noel con ganas de hablar. Como no quiere ser descortés, el Negro deja el lampazo apoyado en el balde de plástico azul, se seca las palmas contra el pantalón y acerca una silla a la mesa de ese hombre que estira las manos hacia adelante, como buscando que los puños blancos del traje rojo le den un poco de aire a las muñecas, y se sirve de la botella de vino blanco que le alcanzó el Negro más temprano. Medio vaso. El otro medio, Papá Noel lo llena de soda.

—En el norte no toman esto ¿sabías? —dice, mientras mira fijo el chorro —Es más, no saben ni lo que es un sifón. Al agua sin gas le dicen agua estancada, imaginate... *A glass of stillwater, please.* Son raros los gringos. Muy raros. Festejan la Navidad en pleno frío. ¿A quién se le ocurre, no? Cómo vas a estar feliz en medio de la nieve, tiritando. A mí dame el calor, la pileta, el río, la cerveza bien helada. Igual tengo que decir algo en favor de ellos: son de creer. Les decís que crean en los gnomos y van y creen. Les decís que tenés un trineo tirado por renos y creen. Se te escapa que en vez de renos tenés unos perros mal bañados y no les importa, creen. Crecen, se ponen gordos y canosos, con esos cuerpazos enormes y siguen creyendo. Es lindo eso... ¿Vos, por ejemplo, vos creés?

—¿En qué?

—En Papá Noel.

—Y no, cómo voy a creer.

—¿Y por qué no?

—Porque no, no sé... —piensa un segundo el Negro. —Será porque vi a mis viejos poner los regalos en el arbolito cuando era chico, yo que sé.

Papá Noel se rasca la barba, la vista perdida en el vaso que todavía burbujea.

—Decime, ¿vos alguna vez viste a Dios?

—No, nunca.

—¿Y creés en Dios?

—No soy un chupacirios de esos que van todo el tiempo a la iglesia, ¿eh?

—Pero creés.

—Sí.

—Y no lo viste nunca.

—No, no lo vi nunca. Capaz que alguna vez lo sentí, pero lo que se dice verlo, no lo vi nunca.

—Lo sentiste... Claro. Entiendo.

Papá Noel aprieta la mano, rodea el vaso, parece que se lo va a llevar a la boca pero se arrepiente, los dedos tensos alrededor del vidrio.

—Es raro, ¿no? Porque estás acá, conversando con Papá Noel que paró a tomarse un vino en tu bar. ¿Cómo es que se llama?

—Gascuña.

—Ahí va. Estás conversando con Papá Noel que paró a tomarse un vino en el Gascuña, pero en él no creés. En Papá Noel no creés. Decime, ¿alguna vez Dios pasó a tomarse un vino, una cerveza?

—No...

—¿A pedirte el teléfono?

—No, tampoco.

—¿El baño? Nunca te encaró Dios en la caja y te dijo maestro, disculpe, ¿le puedo usar un segundito el baño?

—No, nunca me pidió el baño Dios —medio que se fastidia el Negro.

—Pero en él creés...

Papá Noel suelta el vaso y mira por la ventana.

—¿Ves esa familia? Esa que espera un taxi ahí en la esquina.

—Sí, la veo.

—Fijate. Papá, mamá, dos hijos. Familia tipo. Él lleva una botella de sidra. Ella algo envuelto en una fuente, capaz un pionono, un vitheltonné, no sé. Los nenes van vestidos de fiesta. Los grandes por ahí creen en Dios, como vos. Los nenes en Papá Noel.

—Bueno, es lógico, esperan los regalos.

—Ahí está, ahí está. Los regalos. Y te hago una pregunta, ¿llegan los regalos?

—Y, en general sí.

—Y lo que le pedís a Dios, ¿llega?

—No sé, a veces algo, puede ser.

—Contame, ¿qué fue lo último que le pediste?

—No sé, que sé yo...

—Dale, algo le tenés que haber pedido hace poco.

—No sé, la octava Libertadores para el Rojo, capaz. Sí, eso se lo debo haber pedido seguro.

—¿Y?

—No, por ahora no. Nos cagó River.

—Ah. Los cagó, claro...

Mira de nuevo la calle Papá Noel, ve cómo la familia al fin se sube a un taxi que esa noche se debe estar haciendo la América con la gente que va de una casa a otra.

—¿Sabés por qué no creen en Papá Noel los grandes?

El Negro no contesta.

—Por la logística, ese es nuestro punto débil. En eso estuvimos flojos. Es medio difícil que un mismo tipo, gordo y viejo, pueda estar a las doce de la noche en todas las casas del mundo... Ahí fallamos. Pero igual ojo, porque fijate que para ustedes Dios sí puede estar en todas partes, pero Papá Noel no. Dios debe tener acciones en Amazon, en Alí Babá, no sé... —mira por la ventana de nuevo, la mujer hace equilibrio para que no se le caiga la bandeja mientras entra al corsita a gas. Papá Noel sonríe y sigue.

—Igual te digo algo, eso de las doce es una pelotudez de ustedes, porque en el norte se cagarán de frío pero en eso son más lógicos. Se van a dormir, entonces nosotros tenemos toda la noche para repartir en paz.

—Pero es lindo lo de las doce —acota el Negro, como para decir algo.

—Es lindo, pero es imposible. Para cualquiera. Entonces ya se nos cae el verosímil, ¿entendés? Pero es culpa de ustedes que se ponen tensos con la puntualidad. Justo ustedes, ¿no es gracioso? Porque si fueran los japoneses, todavía, pero ustedes...

A lo lejos se escucha una sirena. Papá Noel se sonríe con ironía.

—A ese seguro que le desearon un montón de feliz navidad, ¿no? Y ahí esta, culo para arriba en una ambulancia, capaz que ni llega al hospital el pobre. ¿Y Dios adónde estuvo para cumplirle los deseos? Porque a Dios le piden cosas raras, ¿eh? —se envalentona Papá Noel. —No se las cumple un carajo, pero al señorito le creen. Vos, por ejemplo, le pediste que tu equipo gane. Decime, ¿qué carajo puede hacer el hombre para que tu delantero la mande adentro? ¿Magia? ¿Qué te pensás, que va a desviar la pelota con un dedo desde el cielo? No, macho, no es así. Le piden imposibles y si pasan, suponen que fue él, "gracias a Dios tal cosa", "ay Dios mío tal otra". Si no pasan, a lo sumo echan al DT. En cambio a Papá Noel le piden un autito, una muñeca, todo más lógico, pero... Siempre un pero con Papá Noel. ¿A nosotros nos agradecen todos los días? Mierda, una mierda nos agradecen. Los pibes nada más, los pibes. Una vez al año. Y hasta ahí, mirá, hasta ahí.

Un colectivo para en la esquina. Va vacío.

—¿Ves? Con ese me identifico, con ese sí. Con el chofer. Pobre tipo. Navidad de mierda debe pasar. Solo va, entendés. Como yo en el trineo —se seca la frente, rodea de nuevo el vaso, está a punto de levantarlo pero se interrumpe. —Otra pelotudez es la de las chimeneas. Tenemos que ser gordos y entrar por las chimeneas. ¿Más difícil no había? En cambio el otro ni cuerpo tiene. Bien que cuando hubo que aguantar los trapos acá en la Tierra, lo mandó al hijo. Otra que Dios. Alto cagón.

Suena el teléfono. El Negro le hace un gesto a Papá Noel como de que lo disculpe y atiende.

—Gascuña, buenas noches... No, ya estoy cerrando... No, ya no hago delivery, lo que pasa es que hoy el pibe se fue más temprano... No, mañana no abro. Disculpe ¿eh? Y felicidades. Buen año.

Corta el Negro, aprovecha para acomodar un poco el mostrador, no porque esté desordenado sino como para zafar de la charla, pero de repente lo mira a Papá Noel y le dice:

—Che, ¿vos tenés el trineo por acá cerca?

—Sí, a la vuelta. En infracción creo, capaz que algún botón me hace la multa, a Dios seguro que no. ¿Por?

—Porque me da lástima el que llamó, lo conozco, es un viejo que vive solo, no debe tener un carajo para comer y es Navidad. Un especial de milanesa me pidió.

—Y bueno, yo te lo llevo.

—¿En serio? Qué grande... Dale, me meto en la cocina, ¿tenés para anotar la dirección?

Papá Noel saca una birome, estira las manos, se acomoda los puños del traje rojo y al fin le da un sorbo al vaso de vino con soda. Despacito, se le escapa un jojojo.

12. EL NEGRO EN EL CIELO DE LOS ARGENTINOS

Escrito para los 10 de años de la muerte
de Roberto Fontanarrosa

Estoy en Rosario y no es ninguna novedad, debo haber venido unas doscientas, trescientas veces, no sé, a esta altura está mucho más cerca para mí que para Fito. Me pasa algo especial con esta ciudad: cada vez que tengo que iniciar un proyecto, la elijo. Hay un motivo y es cabulero. El programa que más quise de todos los que hice en mi vida empezó acá, en un rodaje caótico del que no tenía la menor idea qué iba a salir y sin embargo fue mágico. Desde ese día, me las ingenio para que el puntapié inicial de casi todo lo que hago sea en Rosario, entre bogas a la parrilla, algún Carlito (así, sin S) y barcos gigantes que se pasean por el Paraná con la naturalidad de un 152 por Avenida Santa Fé.

En un rato veré a un amigo que trabaja en el diario La Capital. Es fanático de Newells así que voy a aprovechar para preguntarle por Nehuén Paz, dicen que viene al Rojo y no lo tengo muy junado. Pero como falta, decido cruzar y esperarlo en El Cairo. Pido un café, saco el libro que estoy leyendo de mi mochila, me dispongo a perderme en la historia absurda de un astronauta checo cuando de repente veo un revuelo en la barra. Hay un tipo tirado en el piso y dos que se agachan a asistirlo. Mientras, Boogie "El Aceitoso" recoge el puño y, ya despreocupado por la suerte del pobre imbécil que vaya a saber qué habrá hecho para merecer su famoso recto al mentón, vuelve a concentrarse en el vaso de ginebra. "Al menos no le metió un tiro" pienso, y retomo el libro. Avanzo un par de líneas nomás porque por la ventana que da a Mitre para un colectivo de esos naranja, escolares, del que se bajan un montón de pibes. Entran al bar, lo recorren medio atolondrados y cuando por fin en una mesa encuentran al viejo Casale dan un grito de alegría, lo alzan y se lo llevan a la rastra. A la pasada se cruzan con Aldo Pedro Poy que entra en palomita y hace un gol. La mitad del bar lo grita, la otra putea.

Al fin me traen el pedido. Miro la taza, doy un sorbo y con el rabillo veo pasar por el medio del salón a una rubia escultural en traje de baño. En la mesa de al lado, un tipo la estudia con largavistas, transpira, le tiemblan las manos. Escribe algo en una servilleta, alcanzo a leer, dice "Un día perfecto". La blonda sigue hacia el mar y yo al fin pruebo el café que está más frío de lo que me hubiese gustado pero ni se me ocurre chillar porque veo que el mozo está ocupado en pegarle con un trapo a las mesas. "Gallego, dejá de espantar las moscas, si con la remodelación ya no quedan" le grita el Negro Centurión y recibe un "tú te callas, vago" como toda respuesta.

Al fondo, sobre un escenario que ahora se usa para que a la noche toquen bandas cool, un abigarrado grupo humano trota en círculos. Los dirige un gringo con cara de asesino y buzo de técnico. Es el alemán Helmut Muller que, a la pasada, les pega patadas y les tira aire caliente a sus jugadores "para que se vayan acostumbrando al rigor del Bombasí Stadium", le cuenta al periodista de LT3 que fue a cubrir el particular entrenamiento. El que también observa es don Ernesto Esteban Etchenique, que como no es futbolero sigue de largo, señala al futuro y el bar entero le mira el dedo. Un fulano se levanta de la silla, grita "¡Qué lastima, Cattamarancio!" y de la otra punta le contestan "¡no te enloquesá Lalita, no te enloquesá!". El alboroto altera a un viejo que, al pie de un árbol, le habla a un pibe sobre la poesía del fútbol. Interrumpe un segundo la lección, sale a la calle, le grita "¡qué cobraste referee, la recalcada concha bien de tu madre!" al bombero que los dirigió la fecha pasada y vuelve, hecho una seda.

Se me enfría más el café si es que eso es posible, mejor sigo con el libro. Dos líneas y entra Diógenes, sin Mendieta porque en Rosario no permiten mascotas en los bares. Pide pasar al baño del que sale el sobrecojines, un segundo antes de entrar en la gloria. Miro como se sienta en la Mesa de los Galanes, como se acomoda prolijamente, como escucha, como pide hablar sin que le den bola pero yo sé que es ahora cuando se hará un pequeño silencio, el necesario para que el sobrecojines diga "el ocho era Moacyr" y se convierta en héroe. Me alegro por él.

Suena WhatsApp, es mi amigo, me dice que ya está libre, que me espera en la puerta del diario para ir a tomar una cerveza "a un lugar menos turístico". Pido la cuenta, pago con un billete de cien, dejo algo de propina, me levanto. Antes de irme de El Cairo paso por la estatua del Negro Fontanarrosa. Le digo que aquel 19 de julio yo fui un tipo un poco más triste, que lo extraño y que, cuando no sé bien qué escribir, busco cualquier cuento suyo porque no habrá maestro igual. Él se sonroja, mira para abajo y me dice "no sea exagerado, hombre, escribir, lo que se dice escribir, es otra cosa" y se va, con paso cansino, a preparar la picada porque ya empieza el clásico y hoy lo pasan en el Cielo de los Argentinos.

13. INSTRUCCIONES PARA HACER UNA GRULLA DE PAPEL

Para hacer bien una grulla de papel lo primero que hay que tener es una esperanza, porque es bien sabido que sin ella las grullas de papel salen pésimas. Alto, no gane usted la calle como un atolondrado, no se ponga a cazar anhelos de cualquier tipo y especie como si fuesen mariposas. Los autores de este instructivo recomendamos que la esperanza a utilizar sea amorosa, genuina e intensa, de esas que de tanto desearlas ya duelen.

Entonces, antes aún de seleccionar el tipo y el gramaje de la hoja y de recibir las primeras lecciones sobre el arte milenario del origami, hágase el favor de pensar un poco. ¿Sufre usted por amor y la destinataria de tal desvelo gambetea sus intentos con insospechado talento y esmero? Bien, ahora deténgase ahí, quédese un buen rato pendiendo de tal sentimiento y reflexione, no sea ansioso. A continuación le ofrecemos una serie de tips para facilitarle la tarea. No es nada, no agradezca, al fin y al cabo usted googleó "instrucciones para hacer una grulla de papel" y es nuestro deber guiarlo del mejor modo para conseguir el resultado.

Retomemos. Antes que nada precisamos dilucidar con exactitud si no será que en realidad la dama en cuestión no se le niega por sus errores estratégicos o de comunicación, sino que le ha expresado ya de todos los modos y maneras posibles que no está interesada en usted, ni en su charla y mucho menos aún en su barriga. Sea honesto.

Si este es el caso, no intente entonces fabricar su grulla. Créanos a nosotros, tenemos años de experiencia en el mercado, hemos observado que las grullas de papel son nobles, no se prestan a la insistencia de un pánfilo que no se entera. Sepa disculpar el tiempo invertido hasta aquí, pero le recomendamos que pruebe en otros blogs o, incluso, con algo de terapia.

Por otro lado, si sucediese que deposita en su grulla el intento de recuperar el favor de un corazón que ya se le ha franqueado en alguna oportunidad y hoy le es esquivo, pues de nuevo lo desalentamos, sobre todo porque le vaticinamos un resultado muy pobre en la relación precio-calidad. Digamos que estaría usted consiguiendo lo mismo que obtendría si en lugar de una grulla hubiese emprendido la construcción de un farolito chino. Y déjenos decirle, amparados en las millones de vistas que tenemos en YouTube y en las experiencias de cientos de miles de usuarios que comentan al pie de nuestros post, que un sencillo y rechoncho farolito chino no puede ni empezar a competir con la maravillosa experiencia de regalar una verdadera y esbelta grulla de papel.

Pasaremos a explicarle ahora, en una apretada síntesis, cuál es la mejor utilización del poder de nuestras grullas. Como decíamos un poco más arriba, el producto que representamos tiene probada efectividad, pero somos un equipo y usted nuestro miembro más importante, así que lo precisamos activo, concentrado y en pleno momento de ensoñación y desvelo por esa pasión no correspondida.

Escúchenos bien. Sea cuidadoso. Empiece por no llamarle amor a cualquier cosa. Para evitar caer en tan vulgar error, le solicitamos que complete nuestro breve "Test para detectar la eficacia de una grulla de papel" que se encuentra al final de este video, en la parte que nuestro departamento de marketing digital dio en llamar el *call to action* y que acá reseñaremos de manera sucinta. Por ejemplo, a manera introductoria, nos gustaría preguntarle, ¿sueña usted con ella? —con su amada inalcanzable, no con la grulla de papel. —Si la respuesta es afirmativa, sírvase pasar al siguiente cuadro en el que encontrará dos opciones. En la primera le preguntaremos si en esas duermevelas se imagina a ambos copulando de modo salvaje e instintivo, como si tuvieran la misión de repoblar el planeta luego de una catástrofe nuclear. En la segunda, quizás en un sentido más abarcativo del deseo, indagaremos si en esos sueños la imagina caminando ante usted en una playa semi vacía, con el atardecer acariciándole el cabello a contra luz mientras una bandada de gaviotas emprende vuelo hacia el ocaso. Si la opción es la uno, volvemos a recomendarle un farolito chino y le damos las buenas tardes. No es que tengamos algo contra nuestros queridos y rechonchos colegas, al contrario, no competimos, simplemente atendemos diferentes *targets*. Tampoco es nada personal con usted, estaremos felices de recibirlo nuevamente en cuanto sea alcanzado por la esperanza correcta.

Si contestó la opción dos, entonces corresponde avanzar al siguiente ítem, a saber: cuando se refiere a ella ante sus amigos, por ejemplo luego de un partido de fútbol cinco finalizado en un pálido empate, el mozo ya ha repartido sobre la mesa del bar las cervezas con maníes y la charla empieza a girar sobre diferentes aspectos de la vida pero mayormente sobre mujeres, ¿usted es el que toma la palabra y alzando la voz dice "a mí la que me pone el pingo como el Obelisco es María, la de cómputos, le voy a regalar una grulla"?¿O es el que prefiere mirar para abajo y callar cuando alguien menciona al pasar las ajustadas proporciones carnales de María, la de cómputos? De sentirse identificado con la primera opción, le deseamos la mejor de las suerte no sin antes recomendarle un poco de terapia, que calme su apetito accediendo a las páginas pornográficas que le adjuntamos al pie y, claro está, la confección de un simple y rechoncho farolito chino. Pero si en cambio es usted alguien similar al tímido y para nosotros entrañable personaje de la opción dos, lo invitamos a seguir avanzando en el cuestionario. (Nota del departamento de legales: el personaje de María la de cómputos es utilizado sólo a fines demostrativos, prohibida su reproducción total o parcial, disco es cultura).

Por último, queremos pedirle todo su poder de concentración. Ha llegado hasta aquí y nosotros valoramos su esfuerzo, pero si en la próxima pregunta no es certero o mejor aún, sincero, todo el tiempo invertido habrá sido en vano. Aclarado el punto, lo invitamos a que vuelva entonces a flotar en su pensamiento sobre ella —sobre su amada, no sobre la grulla de papel— ausculte su corazón —el suyo, no el de su amada porque de lo contrario sería una situación incómoda para ambos, toda vez que no ha conseguido aún acceso a semejante intimidad— y ahora sí, encare nuestra consulta final. Le proponemos para ello un sencillo pero trascendente ejercicio. Busque el primer espejo y mírese en él. No se asuste si del otro lado ve a un anciano venerable que lo mira con ojos un tanto aguados y coronados por todo tipo de arrugas. Observe su cabeza casi calva, el cabello ralo de un blanco absoluto, la mano izquierda un poco temblorosa, la derecha apoyada en un elegante bastón. Vea como, no sin esfuerzo, el anciano se aleja del espejo, acerca una silla al escritorio de abajo de la ventana, abre un cajón, saca un papel, lo corta hasta dejarlo cuadrado y comienza a doblarlo para hacer coincidir los bordes. Le cuesta, recordemos que la firmeza lo abandonó sin remedio, pero sin embargo lo logra. Por favor, usted, el joven, siga observando. Si lo hace, verá que el viejo no se apura, todo lo contrario, controla sus movimientos. ¿Sorprendido? No es para menos, si algo no sobra en ese espejo es tiempo por vivir, pero sin embargo los dobleces son pausados y a la vez certeros, los ademanes claros; ese anciano sabe lo que hace. Verá usted cómo completa todas las cruces y diagonales necesarias, pliega los vértices, hunde con maestría los laterales, junta las caras, estira las puntas, las dobla para que parezcan una cola y un pico, atusa las alas para que tengan la curva justa, tira de ellas para comprobar que se muevan a su gusto y apoya la flamante grulla de papel en el marco de la ventana. Verá también que no está sola, que se sumará a un verdadero escuadrón de grullas de papel, formado por ejemplares de todos los tamaños imaginables. No se le escapará un detalle: la primera fila, la que alguna vez fuera la línea de ataque, ya viró al sepia, el tono de la prestancia, el que luego de muchos estudios de mercado y *focus group*, decidimos usar en el logotipo de nuestra marca. Y si mira mejor verá que, por el jardín, mate en mano, se acerca María la de cómputos, con las proporciones un tanto desvencijadas, para que negarlo, pero encantadora como aquel día mágico en el que fuera a pedir trabajo en la empresa, cuando usted se quedó de una pieza, con la mandíbula caída, la cara apoyada en las manos, los codos en el escritorio del box, la mente amarianada.

Ahora sí, arribando al final de esta guía, le preguntamos si se ve usted lo suficientemente paciente como para dedicarle tantas grullas de papel a María la de cómputos. Si la respuesta es no, le recomendamos terapia, las páginas pornográficas que se encuentran al pie de este instructivo, la utilización de la app de citas que figura en el zócalo que aparece en este momento y la fabricación de un simple, rechoncho y siempre utilitario farolito chino. Por el contrario, si al mirar detenidamente al espejo se siente cerca de ese anciano estoico que ha sabido esperar toda la vida para alcanzar la esperanza que un día lo desveló, queremos darle nuestras más sinceras felicitaciones: está usted en condiciones de recibir las instrucciones para construir una de nuestras famosas, esbeltas y preciosas grullas de papel.

Una última advertencia. Las grullas son poderosas, pero no mágicas. Si quiere acelerar el proceso, si pretende pasar muchos años en compañía de María la de cómputos, agréguele a la receta una conveniente dosis de dulzura y sensibilidad. Lo dejamos con el video. Que lo disfrute.

14. ANIMALADA

Siempre quise decir "escribo esto mientras atravieso Europa en un tren de alta velocidad" y eso es exactamente lo que estoy haciendo ahora, voy en un TGV que tomé en la estación de Cannes. Mientras esperaba, no podía dejar de mirar una paloma que me llamó la atención porque era mucho más marrón y peluda que las que tenemos en Colegiales o en San Telmo. Estaba quieta en el piso y parecía enferma, la cabeza casi hundida en el cuello. Cada tanto trataba de erguirla para mirar a su alrededor, supongo que intentaba adivinar quién sería su asesino. Ahora, ya en el tren, pienso en ella, en su suerte echada sin remedio. Es muy probable que esta noche, cuando la *Gare* quede desierta, los mozos de la limpieza la maten, o la saquen a escobazos a la calle para se la coma algún gato, o un perro. Aunque quizás una francesita con el pelo a la *garçon* se escape de la mano de su madre, la alce, la lleve a su casa, la cure y luego la libere. Una tía mía hizo eso una vez. Su marido había muerto y a los pocos días una paloma gris con una pata herida se refugió en su balcón. Mi tía la curó, la cuidó por un mes y después la dejó ir, no sin antes avisarle a toda la familia que lo que había pasado era que el alma de su difunto esposo la había visitado en forma de paloma gris.

Esta era marrón, ¿sería el alma de un mulato? Me lo pregunto a trescientos veinte kilómetros por hora, una velocidad más que suficiente para arrollar palomas y cualquier otro tipo de pájaros, cosa que ni me importaría si no fuese porque acabo de ver una en sus últimas horas y me quedó su cara de qué rápido fue todo grabada en la cabeza.

A mi lado viaja una chica, se subió en Avignon, allí donde una vez hubo un Papa, el Papa de Avignon. Me gustan las historias de Papas, las intrigas de la iglesia. Me las doy de que sé mucho de ese mundo, quizás no sea del todo mentira, quizás sepa un poco más que alguna gente. Por ejemplo sé que hubo un Papa y Anti Papa, todo en Avignon que ahora que pienso es un pueblo con un puente sobre el que todos bailan. La chica viaja ajena a todo esto, se comporta como una verdadera francesa, aunque no tengo del todo claro cómo es comportarse de tal modo. Tiene el pelo lacio, es algo regordeta, usa lentes con marco de color. De una botella con una pajita, le da agua al gato que lleva en una jaula. Me gustan mucho los gatos, aunque es muy probable que uno de ellos esta noche se coma a la paloma enferma de la *Gare* de Cannes. Al principio miré la jaula y pensé que estaba vacía. Miento, no vi bien y pensé en preguntarle dónde estaba el gato, pero recordé que mi francés de secundaria está oxidado y supuse que ella no hablaría inglés. Qué ridículo, acá todos hablan inglés, mucho más una chica que viaja en el vagón de primera de un TGV. *¿Do you a have a cat inside?* le dije entonces, señalando la jaula y me respondió que sí, que *look inside*, y yo que *oh is very beautiful* y ella que *thank you mercí* mientras le acercaba la pajita a la boca de un animal que, la verdad, no llegué a ver del todo pero dije que era *very beautiful* porque si decía que no lo veía ella tenía que levantar la jaula y la operación me parecía complicada. Recién ahora caigo en que no escuché un solo maullido. Y ahora, mientras caigo, la gordita pone la jaula sobre la mesa, abre un poco la reja y le hace mimos al conejo que está adentro. No lleva un *cat*, lleva un *lapin*, que la verdad no suena ni cerca del *cat* que estoy absolutamente seguro que dije. No me gustan especialmente los conejos, no me gusta la expresión cogimos como conejos, sobre todo porque una vez vi a una pareja de conejos cogiendo y el alarido que pegó el macho al acabar me dio mucho miedo, o más bien pena, no sé si por el pito del conejo o por la cosita de la coneja, pero me dio pena. Ahora la chica se fue. ¿Al baño? No sé, quizás al salón comedor. Me dejó la jaula al lado. El *lapin* pega su nariz a la reja, le acerco un dedo como un acto reflejo, soy de tocar animales. Estoy cerca de pasarlo para el lado de adentro pero imagino que mi índice se transforma en una zanahoria y que el *rabbit* —que por cierto tampoco suena a *cat, I saw cat*, me cago en el Papa de Avignon —empieza a roerlo. Mejor no paso ningún dedo por entre las rejas de ninguna jaula y sigo escribiendo en este TGV que ahora debe ir a trescientos cuarenta porque, la verdad, tiembla bastante.

Un sssssss neumático muy agradable viene detrás, se abre la puerta, ha de ser la chica que regresa de orinar o comprar algo. No, no es la chica, es una cosa marrón que me huele la pierna. Un perrito, el hocico de un perrito. Dos metros más atrás, sujetando la correa, viene una francesa de unos cuarenta o cincuenta años. Es difícil saber la edad de las francesas, no sé por qué pero es difícil. Rubia de pelo corto, casaca de cuero beige, me mira con algo de culpa porque su perro me olió la pierna, le pongo cara de que me encantan los perros aunque alguno de ellos capaz que esta noche se come a la pobre paloma de la *Gare* de Cannes. Me mira pero no me parece que entienda mi mirada de que me encantan los perros, es posible que mi sonrisa no haya sido tan explícita, quizás no me di a entender del todo y temo que si le saco conversación, el perro se transforme en algo, que de *chien* pase a no se qué, como paso con el gato que se hizo conejo en el rato que dejé de mirarlo.

Ahora sí volvió la chica, es posible que primero haya orinado pero después habrá sentido hambre porque tiene en la mano una hamburguesa con cheddar y se la devora en pocos bocados. El conejo la mira, no creo que quiera, nunca vi comer hamburguesa a un conejo. ¿Es francés el cheddar? No lo había pensado, lo hacía nacido en Texas, ya directamente con nachos debajo, pero debe ser otra equivocación mía que escribo en un TGV a trescientos kilómetros por hora o incluso menos porque ya no tiembla y si miro bien, a lo lejos, se ven las luces de París.

15. VUELVO EN AGOSTO

—Vuelvo en agosto.

—¿Seguro?

—Sí, te juro. Creeme.

Cuando en Buenos Aires hace calor en Belgrano hace más, pero ahora Diego no piensa en eso, no nota el sudor que le cae por la espalda, no lo alarma ese puto corte de luz que lo dejó varado dentro de un vagón del subte D, a pocos metros de la Estación Carranza. Se había metido en esa trampa para escaparse del sol y del asfalto, para llegar antes ni sabía bien para qué al estudio de la vuelta de Tribunales. Ahora se asfixia pero no le importa porque piensa en Ella que se acaba de ir, en que es noviembre y en que entonces, para agosto, faltan nueve meses. Un parto.

—¡Pará Diego, pará, vení! Probá esto, caña con ruda, vas a ver!

Suena divertida la Correntina, recepcionista del estudio, secretaria de los doctores, cafetera, moza, un poco de todo. Linda, más por actitud que por genética. Siempre se ríe, cuando camina parece dejar una estela, mira el mundo con ojos inquietos y ahora está ahí, insistiendo para que Diego haga un alto en el camino mecánico de todas las mañanas rumbo a su escritorio y le dé un trago a ese porrón de Quilmes vaciado y vuelto a llenar con líquido amarillento y unas hojas verde oscuras.

—¿Y para qué tengo que tomar esto a las ocho de la mañana, Correntina?

—Porque dicen que si te lo aguantás, pasás agosto. Y yo no conozco a nadie que haya esperado tanto este mes de mierda como vos —contesta la chica, se ríe y le acerca el mejunje. Diego huele y hace un gesto de asco, de "muy temprano para esto". Está a punto de devolverle la botella pero piensa y entiende que tiene razón la Correntina. Es verdad que lleva nueve meses esperando despertarse un día y leer en el celular 01/08 y ahora por fin empieza ese bendito mes en el que Ella le juró que iba a volver. Entonces cierra los ojos, apoya el pico en los labios y se echa un trago fuerte. Siente que la garganta le arde. Putea, jamás probó nada tan parecido al pis —si es que el pis sabe así de mal— pero lo toma. Se limpia la boca con la manga del saco de sastrería barata, le dice un gracias a la Correntina y se va a su mesa a ordenar los escritos. Tiene un rato para llegar al juzgado y presentarlos si quiere que esa causa de mierda no prescriba. Mientras los junta, les habla. "Ustedes también llegaron a agosto" les dice, pero los folios no son de dar charla.

Ese mediodía, comiendo un sánguche de lomito en la barra del bar de siempre, volvió a preguntarse por qué no le pidió más precisiones. De noviembre a agosto habían pasado doscientos cuarenta y tres días en los que navegó por el lado oscuro de la Luna, respetando a rajatabla el silencio de radio que Ella le pidió aquella vez de cama larga y despedida angustiada. Cada mañana de subte, cada caminata entre juzgados, cada noche de cena solitaria con la tele prendida para que hiciera ruido, todo el tiempo esperaba una señal de allá, del otro lado de la vida y al ver que no llegaba pensaba que debería haber sido más concreto. Para colmo, los días de agosto eran treinta y uno.

Se propuso confiar. Había esperado demasiado y sufrido tanto que Ella no le podía fallar. Si le dijo agosto, agosto sería. De a poco lo fue ganando la alegría. Al fin había llegado el mes al que todos le temían pero él no, él no había aguantado hasta ahí para acobardarse ahora por leyendas de cielos de agua y cenizas en el aire. Cuando le pagó al tucumano el lomito y el café de todos los días, le preguntó: —¿Decime, vos tomaste alguna vez caña con ruda? El morocho le dijo que no, pero que allá en Yerba Buena sus padres lo hacían todos los años. —No sé si sirve para algo, pero después te sentís más fuerte —le contó Diego y salió a Lavalle, ahí donde es ancha, donde siempre corre viento y aún venía frío porque no parecía pero era invierno.

Los primeros días de agosto fueron de ansiedad. Esperaba un "estoy en Ezeiza, me muero por verte" o algo así que lo dejara sin aire. Pero después recordaba que la había apodado Capitana Frío, porque era una genia para poner distancia. Una vez él le había dicho que eran una única cosa, que no importaba si se juntaban con otras mitades porque nunca iban a encajar como encajaban ellos. Capitana Frío suspiró pero enseguida pasó la pantalla, Diego quedó mas enamorado y Ella "vuelvo en agosto". Y aún así, no lograba olvidarla.

Una noche de pizza recalentada paró el zapping en Notting Hill, ya muy empezada. Se imaginó que él era Julia Roberts y Ella el pavo de Hugh Grant cuando casi se pierde a Pocahontas por hacerse el racional. En la escena de la conferencia de prensa, cuando ella dice que piensa quedarse en Londres indefinitely se le cayeron unas gotas gruesas. Terminó en el baño con la canilla abierta, los ojos rojos mirando el teléfono, diciéndole que era tan sólo un chico parado frente a una pantalla, pidiéndole desesperadamente que sonara.

Esperando el ascensor, sintió la risa de la Correntina.

—¡Lo vas a gastar!

—¿Qué cosa?

—Al teléfono, salame. ¡Cada vez que te veo lo estás mirando!

—Es agosto, Correntina, es agosto ... —contestó con vergüenza.

La lluvia del veintiocho no se la esperaba ni él ni nadie. Fue un chaparrón de media hora que alcanzó para empaparlo y para inundar todas las bocacalles entre el juzgado y el estudio. Cuando llegó hecho una sopa, la Correntina largó una carcajada que hizo que uno de los doctores le pidiera silencio desde su despacho.

—Vení, vamos al office, tenés que sacarte eso, te vas a morir –dijo ella, ahogando la voz para que no la retaran más. Y él la acompañó porque estaba tan mojado y tenía tanto frío que no podía hacer ni pensar en nada.

Se arrancó con fastidio las medias que chorreaban, los zapatos que hacían ruido, el saco que casi había que retorcerlo para que soltara el agua y cuando se palpó el bolsillo del pantalón sintió pánico. El teléfono. Lo apagó y lo prendió varias veces pero no revivía. La Correntina le pidió que se lo diera, que había leído que si lo dejaba veinticuatro horas en un tupper con arroz absorbía la humedad y en la cocina había Gallo Oro.

—Dejá, debe ser como la caña con ruda esa que me hiciste tomar. Mágica, ¿no? –dijo él con ironía filosa, casi resentida.

—Vos dámelo y pruebo, o andá a cagar, como prefieras –dijo la Correntina, que si algo tenía eran pocas pulgas.

Le pidió perdón a la chica que sólo trataba de ayudar, estiró la mano de la que colgaba su única conexión con Ella que seguro estaba mandando su señal y él no la podía ver, y se quedó sentado en un banquito de ese cubículo de dos por dos en el que se apilaban demandas prescriptas, biblioratos con las carátulas amarillas por el tiempo, sus esperanzas, sus ganas y su furia.

Al día siguiente entró al estudio y ahí estaba la Correntina, con una sonrisa de triunfo y hablándole como a un bebé.

—¿Quién es la genia? A ver, dígale a mamita, ¿quién es la reina de los trucos caseros? –con el índice y el pulgar le mostraba su smartphone prendido, con la fecha, la hora y todo en su lugar.

–Sos una diosa, no sé cómo agradecerte –le dijo y se abalanzó sobre el teléfono.

–Pensá, algo se te va a ocurrir –contestó con ojos pícaros, mientras atendía el conmutador con el típico "GalvánMalinosiyAsociadosBuenosDíasssss"

Apenas se sentó frente al escritorio, el corazón le dio un vuelco. La canción de Batman, el sonido que Ella le había asignado a su contacto. "Si para vos soy Capitana Frío, entonces cuando suene esto vas a saber que soy yo" dijo entre risas aquella tarde de besos largos y despedida, antes de jurarle que volvía en agosto. Tantas veces había deseado ese mensaje y ahora lo tenía ahí enfrente, titilando. Todo lo que había que hacer era deslizar el dedo sobre el vidrio y desatar la alegría de volver a leerla, de empezar a unir las dos mitades rotas que no encajaban con nadie más. Tomó coraje y pasó la yema del índice por la pantalla, de izquierda a derecha, pero el aparato no respondió. Lo intentó de nuevo. No hubo caso. Apretó con más fuerza y vio como se formaba una burbuja. Segundos después, el celular se ponía de todos colores, después negro y se apagaba para no volver. Hecho una tromba, encaró a la Correntina que retaba a un motoquero porque había tardado mucho con el escrito y el doctor Arizmendi la había levantado en peso por su culpa.

–Che, ¡dos minutos duró tu arreglo y se murió de nuevo! –le dijo con bronca.

–¿En serio? Qué cagada... Y bueno, no sé, no soy maga. Yo te lo hice arrancar, capaz que sos vos –le contestó.

–¿No se puede hacer algo? –dijo él, tratando de no enojarse con el comentario insidioso.

–No sé Diego, ya no sé. Yo que vos lo llevo a un service.

–¡Pero andá a saber cuándo me lo dan, ya va a haber terminado agosto! –dijo él, con una angustia que estaba al borde del llanto.

–No te preocupes. Si pasaste agosto, sobrevivís todo el año –y atendió el conmutador con su "GalvánMalinosiyAsociadosBuenosDíassss".

Supuso que una vez más la piba tenía razón, que a todo se sobrevive. Hasta a la caña con ruda.

16. VOLVÍ EN AGOSTO

Ella que por qué no me decís lo que pensás y él contame de tu vida, como si estuviese listo para escuchar cualquier cosa. Ella que se libera en una frase, él que se pregunta qué carajo hace ahí, abajo de esa catarata de noticias de mierda.

Ya habían cogido, un poco a los tumbos, ese primer polvo incómodo que a Diego nunca le salía bien. Se sentía tan a prueba que fallaba en cosas básicas. Y como sabía que iba a fallar en cosas básicas, le pasaba. Un puto loop que apenas frenaba cuando perdía el miedo a no ser tan macho como creía que hacía falta. Pero para eso Diego precisaba tiempo. Y cariño. Y buenas noticias.

—Me caso. Me caso el año que viene. Me voy a vivir con él ahora, en diciembre.

Le pareció que había escuchado mal, dejó que la frase retumbara un poco más en su cerebro, a veces las palabras necesitan asentarse hasta tomar forma. Sobre todo las feas. Mientras, Ella seguía, aunque a él solo le llegaba el eco de su tono pragmático, un tono que odiaba.

—Volví en Agosto. No te escribí porque estaba con él y no tuve ni un minuto.

Capitana Frío escupía sus verdades, Diego se achicaba tanto que ni se animaba a permitirse el enojo. Entonces lo agarró entre sus manos y despacio lo hizo una bolita. La llamó Tristeza.

Casi un año había esperado desde su partida hasta que llegó el mensaje de "voy a Buenos Aires la semana que viene". Casi un año año, incluido ese agosto en el que Ella iba a volver y volvió, pero no tuvo ni un minuto porque estaba con él. ¿Cómo iba a hacer para sacarse algún día del pecho a Tristeza? Desnudos y abrazados, Ella miraba para arriba y hablaba de un futuro que no lo incluía, un futuro horrible. Y machacaba.

–Dos días estuve nada más, no paré. No te escribí porque igual no te iba a poder ver.

La Correntina revuelve el café para que se enfríe un poco y escucha atenta el cuento de Diego. Mira la taza como buscando algo y piensa que muere por él, o mejor dicho por alguien que la quiera así, como quiere Diego.

Pregunta la Correntina. ¿Adónde fueron? ¿Comieron? ¿Durmieron juntos? ¿Cómo hiciste para seguir después de lo que te dijo? ¿Lloraste? ¿Estás arrepentido? Diego le cuenta. A un hotel que busqué mucho, re lindo, quería que fuera como nuestra casa por una noche aunque sea. No, no comimos nada, no sabés el hambre que tenía al principio, pero se me fue pasando. Ella durmió, yo no, miré el techo toda la noche. No sé cómo seguí. Mal me parece, como que no era yo. Sí, en el baño, fui a hacer pis y lloré un poco. Y al amanecer de nuevo, otro poquito. No, arrepentido no, al menos pude besarla, no sabés lo linda que es Correntina. Es como un sueño.

–¿La odiás?

–No... De a ratos me salen ganas de matarla, pero después quiero que sea feliz. Me gusta tanto su risa que aunque no sea para mí quiero que se ría, que el mundo sepa que hay risas así.

–Sos un dulce. Me parece que demasiado.

–¿Medio boludo, no?

–Yo no dije eso.

Mira de nuevo para abajo y revuelve el café la Correntina, que no dijo eso pero un poco lo piensa. Revuelve como buscando algo. Horas revuelve, hasta que está helado revuelve, hasta que, escondida allá en el fondo, encuentra la bolita. Entonces la agarra con dos dedos, la saca, la mira y le dice:

–Te toca irte, Tristeza. Dejame a mí, yo me encargo.

Suena el teléfono.

"GalvánMalinosiyAsociadosBuenosDíassss" contesta la Correntina, pura sonrisa.

17. SILVERSHIT

En el silencio del departamento sólo se escucha el zumbido del reloj de la cocina. Silvershit sabe que a las menos diez deberá abandonar la incomodidad de la silla de mimbre despintado y paja rotosa, bajar la escalera, doblar la esquina y encarar el callejón. Dos cuadras hacia el sur y otra escalera lo depositará en el sótano del Carver Cube. Ahora todo es así, cuesta abajo.

No tiene apuro, hace mucho que el jazz es lo de menos en ese club de mala muerte. Nació hace ochenta años, mes más, mes menos, en el corazón del Harlem. En el Carver dicen que ya le falla la memoria, pero él jura que no es verdad, que se acuerda del orden de las casas y de los negocios, de los colores de las ventanas y de las baldosas del barrio como era antes, cuando eran niños.

—A ver viejo, ¿qué había por la 140? —lo ponen a prueba.

—¿East o West?

—West

—Primero venía la carnicería de Ed, después un edificio bajo con la puerta de madera rota por un piedrazo, la tabaquería donde comprábamos cigarros todas las mañanas, el convento católico de esas hermanas simpáticas que siempre nos saludaban con una palmada en la cabeza y luego ese baldío en el que mamabas vergas por cincuenta centavos, idiota —contesta Silvershit y todos ríen con el chiste que conocen y esperan.

Es cierto que para Silvershit el barrio tampoco cambió tanto. Lo que sí nota distinto es el clima, antes el verano era más fresco y el invierno una verdadera congeladora. Ahora el verano es un infierno pero el invierno duele menos. También le parece que la gente está más enojada y no sabe por qué. Piensa que todo era mucho más duro antes, cuando él y sus amigos se pasaban el día escapando de los bastones de los policías. Rara vez tenían la culpa de algo pero ni se quejaban porque así era la vida. Algunos palazos los educaban, otros los hacían más fuertes. A Silvershit uno de esos cerdos hasta le puso el apodo. Como nació con canas le dijo "fuera de aquí, pareces la mierda de un gordo que se comió un cargador de balas de plata". Su compañero de ronda rió, los negros de la esquina largaron carcajadas. "¡Silver, silver shit!", dijo alguno. Y quedó.

Parado frente al espejo del baño, Silvershit se toca las canas, tan duras y enrolladas que parecen acero de cocina. Perdió casi todo en la vida, menos el pelo. El pianista del Carver Cube, un gordito de sangre escocesa que se quedó calvo hace añares, lo envidia.

—Qué daría yo por tener esos alambres en la terraza —dice cada noche cuando lo ve llegar y después se ríe entre eructos con olor a whisky barato y vejez irremediable.

Silvershit alguna vez fue músico, ahora no, ahora toca de memoria. Olvidó muchas cosas menos las calles del Harlem, el orden de los temas y sus líneas en las partituras. Está atento a las frases de Bobby, el cantante, porque a veces lo nombra y un contrabajista de jazz debe ser correcto. Aunque en realidad le desagrada, porque es un tipo meloso.

—No le encuentro gracia y un negro sin gracia se parece demasiado a un blanco —dijo apenas lo conoció.

El resto de la banda dice que Bobby se ganó el puesto de tanto chupársela a Ron, el dueño del Carver Cube. No le consta pero tampoco lo sorprendería demasiado. En esos sótanos ha visto cosas peores.

¿A quién ve en el espejo Silvershit? A un negro viejo, con el mismo moño gastado de mil y una noches de blues y humo, al dueño de dos manos que caminan solas por las cuerdas de un contrabajo gordo que alguna vez fue nuevo y ahora es como él, desde aquella vez que se tropezó en la escalera del departamento. El golpe contra el escalón fue tan fuerte que rompió la madera del instrumento hasta casi llegar al alma. Si la hubiese alcanzado todo estaría perdido, un milagro quiso que no, pero esa herida era cosa seria. Mandarlo a un luthier saldría muy caro y comprar otro, imposible. Entonces esperó que abriera el almacén de Angus, compró un rollo de cinta negra, unas telas y trató de remendar el agujero. Probaba el sonido y si no estaba conforme, agregaba un poco más de cinta. No tardó en comprender que algo había cambiado, su viejo instrumento estaba apagado.

–Esta gorda sí que me hace compañía, se va conmigo –pensó y se rió de su ironía. –Al cabo, nada que no pueda remediar pulsando un poco más fuerte. A mí mano nunca le importó si afuera castiga un tsunami o si en la primera fila hay una rubia de tetas grandes. Mi mano hará lo de todas las noches, sólo que más fuerte. Claro que sí.

Echa una última ráfaga de agua sobre su cara, la seca con una toalla sucia que cuelga del lavabo. Sentado en el inodoro, le saca lustre a los zapatos de charol que están ajados pero todavía resisten. Después tira de la punta de los cordones, repasa los nudos, los ajusta sin que aprieten, los asegura con el descuido de quien lo hizo miles de veces. No piensa porque la última vez que pensó se le llenó la cabeza de Josephine, de la risa negra y blanca de Josephine, la Silverlady. Vio otra vez su cara llena de vida, la mano alzada que lo saludaba, los ojos que lo buscaban para mirarlo una última vez antes de irse. Sintió de nuevo el ruido del golpe, la estela del autobús que no frenó. Corrió como aquel día, corrió como un loco, le pesaron las manos cuando trató de alzarla. Gritó una vez más, pidió ayuda a los cuatro vientos aunque cincuenta años después ya no sirviera, como tampoco sirvió aquella vez porque nadie hizo nada. Insultó al chofer que se bajó a observar los daños en el frente de su cacharro y ni siquiera preguntó si Silverlady estaba viva. Aspiró el olor espectral de esa calle donde Josephine se le fue entre su llanto y las miradas de los otros, que parecían decir "esto pasa todos los días". Tenía veinte años Silvershit. Quería casarse, darle un hijo, tocar en una banda de jazz y vivir con ella hasta que la muerte los separara. Y después juntarse en alguna nube de negros para cantar gospel, como aquella mañana que se conocieron en el coro. Por eso no piensa. Porque si piensa la extraña más y se llena de shit.

La Gorda lo espera en el rellano, erguida por costumbre. Él sabe que está rota y ella sabe que él también. Lo descubrió la primera noche después del accidente de la escalera, cuando el percusionista marcó cuatro, Silvershit pulsó la cuarta en Si y la Gorda notó que sonó poco. Se sabía averiada, pero no era para tanto. Seguía la tercera en La menor, con energía. Casi no se oyó. La nota siguiente ni pudo adivinarla. Ahí entendió que estaba en poder de un contrabajista con la mano rota. Supo también que Silvershit había decidido convivir con eso sin pedir una noche, sin compadecerse.

Durante un tiempo fingió, pero hoy ya no, hoy a Silvershit no le importa el dolor y menos le importa el público, anestesiado por el licor. La única mirada que siente es la de Peter, el hijo del dueño. Ese maldito tiene oído, se ha mezclado en más de un ensayo, y si no se suma a la orquesta es porque es un vago de medio a medio, de esos que prefiere quedarse abajo para tocarle el trasero a Rosalía, la camarera portoriqueña que se monta cuando le viene en gana. En un rato Peter estará como una cuba, pero ahora Silvershit siente sus ojos como dos cuchillos hundidos en la herida de su mano derecha. Esa lacra que no lo merece a él, ni al Carver Cube, se dio cuenta. El tiburón olió sangre, ya siente el lugar libre para algún amigo que seguro tiene un contrabajo nuevo, chino, que sonará más fuerte que la Gorda remendada.

No quiere pelear el lugar Silvershit, no tiene ganas. En la última canción, después de agradecer con la cabeza la frase tonta con la que intenta homenajearlo el meloso Bobby, arremete las cuerdas con furia. El primer pinchazo le saca lágrimas, pero cada vez toca más fuerte, cada vez más solo. La banda lo mira desconcertado, no entiende el frenesí. Silvershit camina por las cuerdas, se bambolea al ritmo con cara de éxtasis. Muere de dolor pero qué le importa. Deja que la cabeza se le llene de Josephine, de su sonrisa desbordada de dientes, de sus ojos pardos, de su piel suave. La ve en la nube, sabe que no falta mucho. A veces se le aleja, casi que la pierde, pero entonces toca más fuerte, se rompe un poco más la mano contra las cuerdas y así vuelve a alcanzarla.

La banda para. Antes de cerrar los ojos, Silvershit ve a Ron que se abalanza sobre el escenario, a Peter con la camarera sentada en su falda con cara de nada, al meloso Bobby con una mueca de horror. Entonces tiene la certeza de que cinco o seis notas pegadas bastarán.

–Ya llego, Silverlady. Recostate en la nube. No me esperes más, mi Josephine. Ya estamos juntos para siempre.

18. EL PIANISTA DEL HABANA LIBRE

A las siete de la mañana La Habana ya arde. La humedad trepa por el Malecón y llena el aire de gotitas que se confunden con el sudor. En ese caldo la Revolución es costumbre, el Che es remera, Fidel un caballo amado y odiado, Raúl el que manda, el "bisneo" con el dólar del gringo el modo de sobrevivir. Al reparo de la sombra escasa, los ancianos juegan partidas de ajedrez tan eternas como ellos y leen en el Granma las mismas noticias edulcoradas de siempre. Más tarde se calzarán el periódico en el sobaco, caminarán hacia la esquina de los debates y jugarán por un rato a ser encendidos parlamentarios de una asamblea que no decidirá nada. En los cyber los jóvenes se pelean con el dial up, en las casas los padres sueñan con que sus hijos aprueben el examen de ingreso a la Stalin, en Copellia ya se arman dos colas, la larga para los locales, la corta para los visitantes, fresa y chocolate. En La Habana Vieja cientos de músicos afinan sus instrumentos, hoy tocarán otra vez el repertorio entero de Buena Vista Social Club, hoy otra vez los turistas pondrán cara de estar viendo a Compay Segundo, hoy otra vez serán felices.

Son las siete de la mañana y en el salón de desayuno del Habana Libre una pareja de novios se toma de la mano bien fuerte, como si tuvieran miedo de que alguien los separe. Cuando él se levanta para buscar mango y papaya, ella lo mira embobada. Sabe que no es hermoso, está lejos de ser un Adonis pero qué le importa. Durmieron abrazados toda la noche, hace apenas un rato que hicieron el amor con las palabras dulces de los primeros tiempos y ahora cruzan pestañazos, suspiran, se alimentan saludable, repasan el plan del día, flotan en su burbuja de porvenir.

A pocos metros de los enamorados, Pepe se impacienta. No entiende por qué tardan tanto en darle sus huevos revueltos si es que esto es muy sencillo. Un mezclín de yemas y claras, una sartén, un fuego, treinta segundos de calor y al plato. ¡El que sigue hombre, que no es ninguna ciencia! Quiere volver rápido porque en la mesa lo espera el Bachata, su socio de juergas. Anoche estuvieron en el salón del segundo piso. Medias luces, música tropical, mojitos razonables a cinco dólares. Pepe arrancó con una negra alta a la que le decían Halle Berry y el Bachata con una flaca de piel trigueña y cara pícara que no defraudó. En cuanto le den el puto huevo revuelto, Pepe y el Bachata se contarán sus proezas exageradas de billetera gorda.

Salpicados en el resto de las mesas hay cuatro jóvenes que hace diez días desayunan todos juntos y luego parten a filmar un documental, tres viejos con pinta de fiesta electrónica, cinco amigas que vinieron a probar la leyenda de los hombres del Caribe... Lo de siempre en ese salón detenido en los años de Batista.

El turno del pianista del Habana Libre empieza a las siete y cuarto, puntual y sin francos. Vestido de riguroso pantalón blanco y camisa azul con dos botones abiertos, sombrero Panamá en la mano, todas las mañanas camina por entre las mesa, saluda a los huéspedes con pequeñas reverencias y se sienta frente al piano blanco de un cuarto de cola, el mismo que alguna vez tocó Bola Negra cuando el hotel todavía era el Hilton. La lista de temas del pianista del Habana Libre es llamativamente escasa. Se compone de uno solo, el Cuarto de Tula. Nadie tiene claro si es el único que sabe o el único que se acuerda, pero la verdad es que a los gerentes no les importa porque él jamás reclamó paga y a los pasajeros tampoco porque al fin y al cabo es apenas una música de fondo para las lagañas. Hasta le retribuyen con algún aplauso. También es cierto que a veces, después de la cuarta o quinta repetición, hay caras de sorpresa. Las ponen los que recién llegan, porque los están hace unos días ya se acostumbraron. Cada tanto alguien comenta algo en voz alta que incluye las palabras decadencia y Alzheimer, pero la cosa no pasa de allí. Además, en los hoteles, el público se renueva.

Pero ese día no, ese día fue distinto, porque en una de las tantas vueltas de la canción Pepe y el Bachata dejaron de presumir de sus conquistas poco creíbles, se levantaron, caminaron con donaire hacia la esquina del piano y se pusieron a cantar a duo que el cuarto de Tula cogió candela, porque parece que Tula se quedó dormida y que entonces no apagó la vela. Lo hicieron con tanto empeño, le pusieron tanto salero, que al otro lado del salon las cinco amigas olvidaron su paper de investigación sobre la morfología genital del hombre caribeño y se levantaron a bailar, los cuatro documentalistas dejaron arriba de la mesa sus cámaras y sus lentes y las imitaron, y los viejos electrónicos cambiaron la psicodelia química por unas palmas bien terrenales. Al rato, todo el pasaje del Habana Libre coreaba que en el barrio La Cachimba se había formado la corredera, mientras imitaban el movimiento de pasarse el balde de una punta a la otra del salón de desayuno. Tal era la algarabía que no tardaron en sumarse los mozos, haciendo gracioso equilibrio con las bandejas. Del fondo salieron los cocineros preguntando ay mamá que pasó y de abajo llegaron los botones y los conserjes, trayendo al gerente en andas. Mientras unos y otras aprovechaban para amarrar cinturas, el pianista del Habana Libre sonreía, le pegaba fuerte a las teclas y cada vez tocaba con más swing. Como las ventanas estaban abiertas, la música voló hasta los de la cola de Coppelia. Formaron un trencito, cruzaron la avenida 23 y entraron triunfales moviéndose al son. De la calle llegó un ruido como de camión y unos segundos después aparecieron los bomberos, con sus campanas y sus sirenas. Uno de los turistas que tenía celular llamó a Ibrahim Ferrer y otro, psiquiatra de profesión, diagnosticó que Barbarito se había vuelto loco. Con los tableros de ajedrez en la cabeza, los viejos sacaron a bailar a Halle Berry y a la trigueña, los jóvenes dejaron el dial up para gritarle a Marcos que no se olvidara el cubito afuera, las madres y los padres le avisaron los profesores de la Stalin que afinen los cueros y los músicos de La Habana Vieja se callaron un rato para que, por el mar, llegaran las notas del pianista del Habana Libre, que ese día decidió tocar y tocar sin parar, hasta que la revolución dijera basta.

Si llegaron hasta acá, quizás se pregunten qué fue de la pareja de enamorados. Hasta donde pudimos ver ni bailaron ni cantaron, pero algunos aseguran que los vieron suspendidos por encima de todos, las manos agarradas bien fuertes, los ojos embobados, los dos dentro de una burbuja que se fue por una ventana rumbo al Malecón, porque el amor, cuando es amor, flota en el porvenir. Y esa, chico, esa es otra vaina.

www.ingramcontent.com/pod-product-compliance
Lightning Source LLC
Chambersburg PA
CBHW031351160726
47993CB00002B/927